北大大课堂

大众学术传播经典 大师与大众的相逢

金开诚

古典文学专家 一九五五年毕业于北京大学，长期担任北京大学教授，曾任全国政协常委、中央社会主义学院副院长。专于文艺心理学及《楚辞》研究。

《楚辞》讲话

金开诚 著

北京大学出版社
PEKING UNIVERSITY PRESS

图书在版编目(CIP)数据

《楚辞》讲话/金开诚著. —北京:北京大学出版社,2010.11
(北大大课堂)
ISBN 978-7-301-17377-0

Ⅰ. 楚… Ⅱ. 金… Ⅲ. 楚辞—文学研究 Ⅳ. I207.223

中国版本图书馆 CIP 数据核字(2010)第 115689 号

书　　名:《楚辞》讲话
著作责任者:金开诚 著
策 划 组 稿:王炜烨
责 任 编 辑:王炜烨
标 准 书 号:ISBN 978-7-301-17377-0/I·2244
出 版 发 行:北京大学出版社
地　　址:北京市海淀区成府路 205 号　100871
网　　址:http://www.pup.cn
电 子 信 箱:zpup@pup.pku.edu.cn
电　　话:邮购部 62752015　发行部 62750672　编辑部 62750673
出版部 62754962
印 刷 者:北京中科印刷有限公司
经 销 者:新华书店
730 毫米×980 毫米　16 开本　13.5 印张　135 千字
2010 年 11 月第 1 版　2010 年 11 月第 1 次印刷
定　　价:27.00 元

古典文学专家 金开诚

目 录

第一章 关于楚辞

“楚辞”这个名词，从现在所知的资料看，最早见于司马迁《史记·酷吏列传·张汤传》。

“楚辞”这个名词的由来及意义无非是汉人在全国已经统一的情况下，对历史上某一特定地区（楚）的某种特定诗体（辞）的称呼。这种情况有点像今人在谈到各地民歌时往往冠以地域标志一样。当然今人对各地的文人诗是不再冠以地域标志了，这是因为各地文人诗并无特定的形式；而且除非谱成歌曲就不能唱，不能唱就意味着既无特定的调子，也不表现方言方音，所以就没有必要和可能区分地域。楚辞在汉初的情况则不然。一是还有人在唱“楚歌”，如著名的项羽《垓下歌》、刘邦《大风歌》，其歌词都是地道的楚辞形式；二是楚辞的语言形式很有特点，与传统的诗体大为不同。因此，楚地之辞（包括可唱的与事实上不能唱的）都需要特称为“楚辞”。

一 “楚辞”释名

“楚辞”这个名词，从现在所知的资料看，最早见于司马迁《史记·酷吏列传·张汤传》。

“楚辞”这个名词，从现在所知的资料看，最早见于司马迁《史记·酷吏列传·张汤传》：

……始，长史朱买臣，会稽人也，读《春秋》。庄助使人言买臣，买臣以楚辞与助俱幸；侍中，为太中大夫，用事。

可见早在西汉前期已有“楚辞”之名。但这个名词的出现，也不大可能早于汉初。因为就汉以前的情况而论，秦代是没有也不可能有人传诵或谈论楚辞的，因秦、楚本是敌国，而楚辞的主要作者屈原更是力主抗秦的政治家。至于战国时的楚国人，则因本在楚地，也似无赘言“楚辞”之理，很可能只称本地那种很有特色的诗体为“辞”（或作“词”，“辞”与“词”通）。例如屈原就常称自己抒情述志的言辞为“辞（词）”：

《离骚》：“就重华而敶词。”（敶词一本作陈词）

>>>

明代画家陈洪绶所作的屈原木刻版画。

“跪敷衽以陈辞兮。”(辞一本作词)

《抽思》:“结微情以陈词兮。”

“兹历情以陈辞兮。”

“敖朕辞而不听。”

《思美人》:“因归鸟而致辞兮。”

这些“辞(词)”不一定是指后人所说的楚辞。

《惜往日》:“不毕辞而赴渊兮。”当然,这些“辞(词)”不一定是指后人所说的楚辞,如《思美人》例,连其上下文而观是这样的:

> 愿寄言于浮云兮,遇丰隆而不将;
> 因归鸟而致辞兮,羌宿高而难当。

这里,上下对句中“言”、“辞”并称,含义相当,显然是用了“辞”的广义,非指辞作而言。但《抽思》“结微情以陈词”一例,情况就有所不同:王逸注“结续妙思,作辞赋也”,可见至少在汉人王逸心目中,这“词(辞)”乃是指楚辞而言的。又其下句为“矫以遗夫美人”,说明此“词”不但通过精心结撰,且可举以赠人,则从其意味上看,就很像是指辞作而言了。能从屈原辞作中直接找到的证据大致不过如此,当然还不能算是确证。

汉代司马迁在《史记·屈原贾生列传》中说:“屈原既死之后,楚有宋玉、唐勒、景差之徒者,皆好辞而以赋见称。”

汉代司马迁在《史记·屈原贾生列传》中说:“屈原既死之后,楚有宋玉、唐勒、景差之徒者,皆好辞而以赋见称。”这就明明是把“楚辞”称为“辞”。有的同志也许会说,这是因为上文有一个“楚”字,所以才把“楚辞”省称为“辞”。这话当然也有道理,但从语义结构上看,必须称“辞”而不致使人误解为用其广义(言辞之辞),才可以省。况且班固在《离骚赞序》中解释篇名《离骚》时也说:“离,犹遭也;骚,忧也。明己遭忧作辞也。”又说:“原死之后,秦果灭楚，其辞为众贤所悼悲，故传于后。”这些例证足以说明汉代虽已有“楚辞”之名，人们有时仍沿称之为“辞”。但更重要的还在于根据事理来作推断：楚国当年只有一种“辞”，是该地特有的诗体；楚人称之为“辞”，以别于《诗三百篇》之“诗”；既是在楚言楚，即无必要再在“辞”上加一个“楚”字。只有到了汉代统一全国，在“赵、代、秦、楚之讴”并存的情况下，特产于楚的“辞”才非冠以专门的地域标志不可。

这些例证足以说明汉代虽已有“楚辞”之名，人们有时仍沿称之为“辞”。

根据以上的分析，“楚辞”这个名词的由来及意义就相当简单了，它在最初无非是汉人在全国已经统一的情况下，对历史上某一特定地区（楚）的某种特定诗体（辞）的称呼。这种情况有点像今人在谈到各地民歌时往往冠以地域标志一样。当然今人对各地的文人诗是不再冠以地域标志了，这是因为各地文人诗并无特定的形式；而且除非谱成歌曲就不能唱，不能唱就意味着既无特定的调子，也不表现方言方音，所以就没有必要和可能区分地域。楚辞在汉初的情况则不然。一是还有人在唱“楚歌”，如著名的项羽《垓下歌》、刘邦《大风歌》，其歌词都是地道的楚辞形式；二是楚辞的语言形式很有特点，与传统的诗体大为不同。因此，楚地之辞（包括可唱的与事实上不能唱的）都需要特称为“楚辞”。

根据以上的分析，“楚辞”这个名词的由来及意义就相当简单了。

“楚辞”之名的由来与意义无非如此。但倘若有人要进一步追究：楚人当年为什么要把他们那种诗体称为“辞”？这却是个不可解决的难题。《说文》：“辞，说也。”段玉裁注：“说者，释也。”这显然只是“辞”的一般意义，至于一般意义的“辞”为何被楚人用来称呼一种诗体，则无从考知。这就犹如诗之称为“诗”一样。《说文》：“诗，志也。”段玉裁注：“在心为志，发言为诗。”然而言志的形式不止于诗，为什么只有诗才称为“诗”呢？看来，诗之称为

“楚辞”之名的由来与意义无非如此。

"诗"、辞之称为"辞"，都是社会约定俗成的结果；并非某个大诗人、大辞人把自己的特定形式的创作称为"诗"、"辞"，于是要求别人也都这样称呼。说到底，连诗与辞本身的最初起源现在都是难以考知的，因此它们何以从一开始被定名为"诗"与"辞"当然也就无法确说了。

汉人除了把历史上的楚地之"辞"（也包括汉人的拟作）称为"楚辞"外，也把它称为"赋"。

附带还要说一点。汉人除了把历史上的楚地之"辞"（也包括汉人的拟作）称为"楚辞"外，也把它称为"赋"。如《史记·屈原列传》既说楚有宋玉、唐勒、景差之徒"皆好辞而以赋见称"，又记屈原"乃作《怀沙》之赋。"又《汉书·贾谊传》说屈原"被谗放逐，作《离骚赋》。"《汉书·艺文志·诗赋略》更列"屈原赋二十五篇"。汉人之所以会这么说，是因为汉代出现了"赋"这样一种文学创作形式；"赋"是在"辞"的影响下出现的，二者在形式上也确有共同之处，如多用铺陈排比、有的赋用"骚体"等，所以汉人便以今概古，把"赋"的概念扩大到涵盖楚辞。但汉人的这种做法只起到了把事情模糊化的作用，无助于人们对"辞"、"赋"的认识。"辞"与"赋"从文学创作的分类上看是有根本区别的，用一句话来概括这种区别，即"赋"属于文的范畴，而"辞"属于抒情诗的范畴。抒情诗不但以抒情为目的，并且以创造高度"情意化"的抒情形象为主要的艺术特征，典型的楚辞如《离骚》、《哀郢》等就是这样；《九歌》中虽有叙事的成分，但其形象也是高度"情意化"的。反之，典型的汉赋如《七发》、《子虚》、《上林》等就显然不是如此，即使有的汉赋句式整齐并且押韵，也不具备高度"情意化"的抒情形象这一主要特征；所以它们是文不是诗。当然，由于辞赋之间有深刻的渊源关系，所以它们在创作上也有交错现象，未可根据时代先后一刀切开。如历来被称为"楚辞"的《招魂》、《大招》、《卜居》、《渔父》诸篇

"辞"与"赋"从文学创作的分类上看是有根本区别的，用一句话来概括这种区别，即"赋"属于文的范畴，而"辞"属于抒情诗的范畴。

实际上就是提前出现的赋；反之，出现在汉末的王粲《登楼赋》实际上却是一篇辞。文学发展是渐变的，联系、交错以至于渗透都是正常现象；但又必须根据不同时代、不同体裁的典型之作找出它们之间的区别，这才能看出发展中的质变。

最早意识到辞赋之别的，应该说是六朝人。如萧统《文选》选了一些楚辞，却不归入“赋”类，而别列一类称为“骚”，置于“诗”类之后；刘勰《文心雕龙》在《诠赋》之外别有《辨骚》。这都说明他们在严于文体之分的时代气氛中意识到了辞赋之别。但他们根据楚辞的代表作名为《离骚》而把所有的楚辞都称为“骚”，却是不恰当的；其实只要恢复“辞”这个原名就可以了。

最早意识到辞赋之别的，应该说是六朝人。

二　楚辞的特点

楚辞这种诗体最早是在民间产生的。从现有的材料看，楚国的民歌很早就有所流传，例如多数研究者认为，在《诗经》的《周南》、《召南》两部分中，就有采自楚地的诗歌；但其所用的形式和后来较为典型的楚辞并不一样。这是由于楚辞的典型诗体还没有形成呢，还是由于周王朝的乐官作了修改的缘故？现已不得而知。但刘向《说苑·善说》篇收有著名的《越人歌》：

楚辞这种诗体最早是在民间产生的。

今夕何夕兮，搴舟中流？今日何日兮，得与王子同舟？蒙羞被好兮，不訾诟耻。心几烦而不绝兮，知得王子。山有木兮，木有枝，心悦君兮，君不知！（首句“舟”字据《玉台新咏》改。）

据《说苑》所传，此歌本事为鄂君子晳驾舟出游，水手是越人，抱桨而歌，鄂君子晳不懂越国土语，因此找人翻译成楚歌形式。又《说苑》记鄂君子晳“楚王母弟也，官为令尹，爵为执珪”；按《史记·楚世家》：“（楚）康王宠弟公子围、子比、子晳、弃疾。”可见子晳乃是楚康王弟弟，当因封于鄂，故称鄂君。楚康王于公元前559—545年在位，所以，如果《说苑》所传的本事可信，则《越人歌》的出现是在公元前6世纪的中叶。稍后数十年，又出现了《孟子·离娄上》所引、传为孔子所闻的《孺子歌》：

如果《说苑》所传的本事可信，则《越人歌》的出现是在公元前6世纪的中叶。

沧浪之水清兮，可以濯我缨；沧浪之水浊兮，可以濯我足。

再有就是现在保留在《楚辞》一书中的《九歌》，它虽并非用于民间祭祀，却与楚国的民间祭歌必有关系（特别是在音乐曲调上）。民间祭歌始于何时当然无法考知，今传的《九歌》肯定经过屈原的修改和加工；但加工大概主要是在内容和词藻上，变动句式的可能性较小，因为这牵涉到所配的乐曲，假如变化很大，就会增加巫者演唱的困难。

再有就是现在保留在《楚辞》一书中的《九歌》，它虽并非用于民间祭祀，却与楚国的民间祭歌必有关系。

从《周南》、《召南》到《九歌》，可以约略看出楚国民歌发展的一条线索。伟大诗人屈原就是在学习和接受楚国民歌的基础上，发展了楚辞这一有浓重地方色彩的新诗体，并以其光辉的创作奠定了楚辞的典型形式。概括说来，作为一种新诗体的楚辞，其主要特征有以下各点：

（一）句式。传统的《诗经》体以四字句为典型句式，句中是“二二”节奏。例如：

关关|雎鸠，‖在河|之洲。

（《周南·关雎》）

楚辞的典型句式有六字句和五字句两种（都不算语气词“兮”），句中分别为“三三”和“三二”节奏；前者主要见于《离骚》、《九章》，后者主要见于《九歌》。例如：

前者主要见于《离骚》、《九章》，后者主要见于《九歌》。

帝高阳|之苗裔(兮)，‖朕皇考|曰伯庸。

（《离骚》）

心郁郁|之忧思(兮)，‖独永叹|乎增伤。

（《九章·抽思》）

君不行(兮)|夷犹，‖蹇谁留(兮)|中洲？

（《九歌·湘君》）

所以，从《诗经》到楚辞，诗歌的典型句式发生了变化，变得更有表现力了。除了典型句式之外，《诗经》和楚辞中都有许多长短不齐的句子，而一般说来，楚辞中穿插这种句子更加灵活多变。

从《诗经》到楚辞，诗歌的典型句式发生了变化，变得更有表现力了。

楚辞中除了上述典型句式，也还有以传统句式为主的创作。如《天问》中的大量四字句，即与《诗经》中的典型四字句无大差别；《橘颂》、《招魂》、《大招》也以四字句为主，只是在复句的末字分别用语气词“兮”、“些”、“只”，这与《诗经·周南·汉广》、《郑风·野有蔓草》的句式也无大差别。所以从句式的角度来看，可以说楚辞中也有“旧体诗”；而具有典型意义的，则应是不同于旧体的新句式。

（二）语气词“兮”的运用。在《诗经》的一些诗中，也出现过

"兮"字,但数量不多,不像楚辞那样,运用"兮"字不但普遍而且带有规律性,因而竟成为语言形式上一个显著的特征。

楚辞中除《天问》、《卜居》、《渔父》外,其他各篇都用"兮"字,而概括地看又可分为三种模式。

楚辞中除《天问》、《卜居》、《渔父》外,其他各篇都用"兮"字,而概括地看又可分为三种模式:

第一种是《九歌》模式,"兮"字用在各句之中。如《东皇太一》:

吉日兮辰良,穆将愉兮上皇。
抚长剑兮玉珥,璆锵鸣兮琳琅。

第二种是《橘颂》模式,上下二句各为四字,"兮"字用在下句之末。如:

后皇嘉树,橘徕服兮。
受命不迁,生南国兮。

《大招》全篇属于此式,只是把语气词"兮"改为"只";《招魂》基本上也属此式,只是把语气词"兮"改为"些",同时篇中有不少句子不限于四字。

第三种是《离骚》模式,上下二句字数增多,"兮"字用在上句之末。如:

帝高阳之苗裔兮,朕皇考曰伯庸。
摄提贞于孟陬兮,惟庚寅吾以降。

《九章》的大部分及《远游》、《九辩》等篇均属此式。但《九章·怀沙》较为特殊，其中多数句子上下各为四字（不算“兮”字），似与《橘颂》相近；但除篇末“乱辞”之外，“兮”字都用在上句之末，从其位置看应属《离骚》模式；特别是有些上下句不限于四字，如“重华不可遌兮，孰知余之从容。古固有不并兮，岂知其何故”。这类句子就更与《离骚》相近了。

《九章》的大部分及《远游》、《九辩》等篇均属此式。

楚辞的形式起源于民歌，所以语气词的运用是重要的。试想现在歌曲中的“啊”、“呀”之类的词，虽然作为歌词看没有多大意义，但在歌唱中加上了装饰音，就在歌曲旋律中变得相当重要。由此就可以推想“兮”字的运用在楚辞形式构成中的作用。又“兮”字在句中的位置变化，必然影响歌唱或吟诵的口气与节奏，由此又可以推想，以“兮”为基点，其两端的字数如果较少，则这些字的发音用调必然悠长而近于歌唱；反之，两端字数如果较多，则这些字的发音用调必然短促而近于吟诵。从实际情况来验证，《九歌》是祀神的乐歌，必然要唱，而其句中“兮”的两端只有三字或二字（如《大司命》“广开兮天门”、《东君》“暾将出兮东方”、《国殇》“操吴戈兮被犀甲”等）；在汉初的楚歌中，项羽《垓下歌》与刘邦《大风歌》也确实是唱了的，而其句中“兮”的两端也只有三字或四字（如《垓下歌》“力拔山兮气盖世”、《大风歌》“威加海内兮归故乡”）。至于《离骚》，则因篇幅过长，必不能唱，而其典型句式的“兮”字两端却各有六个字（如“长太息以掩涕兮，哀民生之多艰”）；后来汉人拟骚之作也不能唱，而其句式亦如《离骚》。这都证实了上述的推想。由此可见，“兮”字在句中位置的变化，也正显示了楚辞由乐歌形式到吟诵形式的发展演变。

楚辞的形式起源于民歌，所以语气词的运用是重要的。

“兮”字在句中位置的变化，也正显示了楚辞由乐歌形式到吟诵形式的发展演变。

（三）地方色彩。楚辞有显著的地方色彩，这一点前人早已有所发现。如宋人黄伯思说："屈宋诸骚，皆书楚语，作楚声，纪楚地，名楚物，故可谓之'楚词'。若些、只、羌、谇、蹇、纷、侘傺者，楚语也；悲壮顿挫、或韵或否者，楚声也；沅、湘、江、沣、修门、夏首者，楚地也；兰、茝、荃、药、蕙、若、芷、蘅者，楚物也。"（《东观余论·校定楚词序》）此话罗列现象校为全面，而综合起来看，楚辞给人以较深印象的主要有两点：

一是由"楚地"、"楚物"形象所构成的完形画面，确是反映了富有地方特色的山川景物、风土人情，使人感到江汉流域的壮丽景色、繁富物类以及深受巫风影响的楚国文化都确有浓艳的色彩，特异的风情；与传统的《诗三百》篇所着重反映的北方地理环境和文化背景相比，显然给人以不同的观感。

二是用"楚语"、"楚声"所作的歌唱或吟诵也很有特色。这一点现在除了从用词上得到一些感受外，当然已无法通过听觉来直接验证；但从历史记载看，《汉书·礼乐志》说"高祖乐楚声，故房中乐楚声也"。汉高祖喜爱楚声的事例非一，可见其必有动听之处。又《史记·项羽本纪》写项羽被围垓下："夜闻汉军四面皆楚歌，项王乃大惊曰：汉皆已得楚乎，是何楚人之多也？"项羽虽然被围，但围军与项羽所在之处总有相当大的距离，隔了这么远而项羽一听便知为楚歌，可见楚歌的特点是多么突出！又《汉书·王褒传》："宣帝时，修武帝故事，讲论六艺群书，博尽奇异之好。征能为楚辞九江被公，召见诵读。"《太平御览》五八九引《七略》："被公年衰老，每一诵，辄与粥。"可见到汉宣帝时，能以楚声诵读楚辞的已很罕见，所以才远至九江征召衰老的被公；假如楚声并无多大特异之处，则一般文士均可诵读，而这也就不能归入"博尽奇异之好"了。

>>>

屈原故里——湖北秭归的屈原塑像。

由此可见，楚辞的地方色彩无论就视觉或听觉上说，都是文学创作上的一种鲜明特色，而且这种特色是有积极的美学意义的。

三　楚辞的流传与成书

"楚辞"一词在作为一种诗体名称的同时，也曾用来指以屈原为主的一些楚国辞人的作品。

"楚辞"一词在作为一种诗体名称的同时，也曾用来指以屈原为主的一些楚国辞人的作品。这些作品曾因秦国灭楚而中断流传，那么它们为何又能在汉代重新出现于世呢？

汉代班固在《离骚赞序》中说，屈原痛君不明，国将危亡，故作《离骚》、《九章》以风谏，卒不见纳，自投汨罗，"原死之后，秦果灭楚，其辞为众贤所悼悲，故传于后"。又王逸在《楚辞章句·离骚后叙》中说屈原作《离骚》及《九歌》以下凡二十五篇，"楚人高其行义，玮其文采，以相教传"。这些话都说明汉人对屈原辞流传的可靠性是毫不怀疑的；同时他们分析屈原辞得以流传的原因也是有道理的。但他们并未详说流传的具体情况，所以在这方面还要作一些补充论述。

屈原在《九章·抽思》中说"结微情以陈词兮，矫以遗夫美人"，说明他的有些辞作本为"献诗陈志"而作，并不限于个人抒发感情。

屈原在《九章·抽思》中说"结微情以陈词兮，矫以遗夫美人"，说明他的有些辞作本为"献诗陈志"而作，并不限于个人抒发感情。《史记·屈原列传》说屈原"存君兴国而欲反复之，一篇之中，三致志焉"；下面又说"令尹子兰闻之大怒"。这一事实也说明屈原辞虽多有违碍之言，但在当时却并不保密，而是在社会上有所流传的。又《屈原列传》说："屈原既死之后，楚有宋玉、唐勒、景差之徒者，皆好辞而以赋见称；然皆祖屈原之从容辞令，终莫敢直谏。"这更进一步证明了屈原辞流传的社会性。可以想见，屈辞在楚国士人中的影响是不小的；至于宋玉、唐勒、景差等楚辞作者，既然“皆祖屈原之从容辞令”，当然更会致力于屈辞的收集、整理、保管和传习。另外，还应充分估计到屈原辞通过民间渠道流传于后世的可能性。屈原的辞作中充满了关心国家命运和人民疾苦的思想感情，他本人最后以身殉国，而他对国事所怀的忧虑后来也都为事实所验证。这一切都必然受到广大楚国人的尊敬与同情。南朝梁吴均《续齐谐记》说：“屈原以五月五日投汨罗而死，楚人哀之，每于此日以竹筒贮米，投水祭之。”梁宗懔《荆楚岁时记》也说：“五月五日竞渡，俗为屈原投汨罗日，伤其死，故并命舟楫以拯之。”又《隋书·地理志》说：“屈原以五月望日（？）赴汨罗，土人追至洞庭，不见。湖大船小，莫得济者。乃歌曰：‘何由得渡湖！’因尔鼓棹争归，竞会亭上。习以相传，为竞渡之戏。其迅楫齐驰，棹歌乱响，喧振水陆，观者如云。诸郡皆然，而南郡尤甚。”这些虽都是后人所追记，但都以代代相传的传说与民俗为根据，可以看出楚人对屈原的敬爱与怀念。在这样的民心趋向中，屈原辞在民间受到重视、保存和流传是势所必然的。事实上屈原在流放期间所作的辞（如《天问》、《哀郢》、《涉江》、《怀沙》等），倘若不经民间的渠道，也是决不能流传于后世的。

屈原的辞作中充满了关心国家命运和人民疾苦的思想感情，他本人最后以身殉国，而他对国事所怀的忧虑后来也都为事实所验证。

在这样的民心趋向中，屈原辞在民间受到重视、保存和流传是势所必然的。

但是，屈原辞的流传毕竟曾因秦灭楚国而严重受阻以至于有所埋没，所以到了汉初又经过一番搜集发掘才得重见于世。

《汉书·地理志下》说：

> 始楚贤臣屈原被谗放流，作《离骚》诸赋，以自伤悼。后有宋玉、唐勒之属，慕而述之，皆以显名。汉兴，高祖王兄子濞于吴，招致天下之娱游子弟枚乘、邹阳、严夫子之徒，兴于文景之

际。而淮南王安亦都寿春，招宾客著书。而吴有严助、朱买臣，贵显汉朝，文辞并发，故世传楚辞。

这段记述虽然简略而且条理不清，但也已揭示了楚辞发掘与传扬的两条线索。

这段记述虽然简略而且条理不清，但也已揭示了楚辞发掘与传扬的两条线索：

第一是吴王诸士与楚辞的密切关系，其中枚乘即是汉赋作者中的先驱人物，无论从辞与赋在文体上的紧密联系来看，或从他的代表作《七发》来看，都可以肯定枚乘是深受过楚辞影响的。又，严夫子即庄忌（"庄"因避汉明帝讳改"严"），也就是《楚辞》中《哀时命》一篇的作者；他的儿子即庄助，《史记·酷吏列传》说他曾荐朱买臣，"买臣以楚辞与助俱幸"。可见庄忌、庄助父子相传，都是精通楚辞的。那么吴王诸士究竟发掘并传承了多少篇楚辞呢？这虽然不可确考，但仔细看一看庄忌的《哀时命》，并把它与楚辞各篇略做比较，还是可以得到一些启示的：

往者不可扳援兮，徕者不可与期。（《远游》："往者余弗及兮，来者吾不闻。"）

夜炯炯而不寐兮，怀隐忧而历兹。（《远游》："夜耿耿而不寐兮。"《离骚》："喟凭心而历兹。"）

心郁郁而无告兮。（《抽思》："心郁郁之忧思兮。"）

老冉冉而逮之。（《离骚》："老冉冉其将至兮。"）

志沈抑而不扬。（《思美人》："志沈菀而莫达。"）

道壅塞而不通兮。（《九辩》："路壅绝而不通。"）

怅惝罔以永思兮，心纡轸而增伤。（《抽思》："心郁郁之忧思兮，独永叹乎增伤。"《九辩》："中结轸而增伤。"）

廓落寂而无友兮。(《九辩》:“廓落兮,羁旅而无友生。”)

白日晼晚其将入兮,哀余寿之弗将。(《九辩》:“白日晼晚其将入兮。”又:“恐余寿之弗将。”)

冠崔嵬而切云兮,剑淋离而从横。(《涉江》:“带长铗之陆离兮,冠切云之崔嵬。”)

世并举而好朋兮,一斗斛而相量。(《离骚》:“世并举而好朋兮。”《怀沙》:“同糅玉石兮,一概而相量。”)

为凤皇作鹑笼兮。(《怀沙》:“凤皇在笯兮”,王逸注:“笯,笼落也。”)

俗嫉妒而蔽贤兮。(《离骚》:“好蔽美而嫉妒。”)

举世以为恒俗兮,固将愁苦而终穷。(《涉江》:“吾不能变心而从俗兮,固将愁苦而终穷。”)

云依斐而承宇(斐一作霏)。(《涉江》:“云霏霏而承宇。”)

与赤松而结友兮,比王侨而为耦。(《远游》:“闻赤松之清尘兮,愿承风乎遗则。”又:“吾将从王乔而娱戏。”)

子胥死而成义兮。(《惜往日》:“吴信谗而弗味兮,子胥死而后忧。”)

虽体解其不变兮,岂忠信之可化!(《离骚》:“虽体解吾犹未变兮,岂余心之可惩!”)

履绳墨而不颇。(《离骚》:“循绳墨而不颇。”)

焉发愤而抒情。(《惜诵》:“发愤以抒情。”)

时暧暧其将罢兮。(《离骚》:“时暧暧其将罢兮。”)

伯夷死于首阳兮,卒夭隐而不荣。太公不遇文王兮,身至死而不得逞。(《悲回风》:“见伯夷之放迹。”《九辩》:“太公九十乃显荣兮。”)

愿一见阳春之白日兮，恐不终乎永年。（《九辩》："恐溘死不得见乎阳春。"）

在对比中可以看出，《远游》与《九辩》对《哀时命》的影响最为明显。

在对比中可以看出，《远游》与《九辩》对《哀时命》的影响最为明显，这是因为《哀时命》的思想近乎《远游》，而情绪则近乎《九辩》。又通过对比可以确证作者读过《离骚》、《涉江》；而《九歌》、《天问》或因其性质特殊，未在篇中留下痕迹。至于与其他各篇的对比，虽未必完全确切，但也多少有助于了解作者所闻见的范围，从而使人大致想见吴王诸士在吴地搜集楚辞的收获。

第二是淮南王刘安及其门下之士与楚辞的密切关系。王逸《楚辞章句·招隐士序》说："昔淮南王安博雅好古，招怀天下俊伟之士，自八公之徒咸慕其德而归其仁。各竭才智著作篇章，分造辞赋，以类相从，故或称'小山'，或称'大山'，其义犹《诗》有《小雅》、《大雅》也。'小山'之徒闵伤屈原，又怪其文升天乘云，役使百神，似若仙者；虽身沈没，名德显闻，与隐处山泽无异，故作《招隐士》之赋，以章其志也。"这段话中对淮南小山《招隐士》题旨的解释，后世研究者或有异议；但它在创作上学习并继承楚辞则绝无可疑。其中对山中景物气氛的描写颇有《山鬼》遗意；至其用词如"偃蹇"、"连蜷"、"曾波"、"猿狖"、"桂枝"、"淹留"、"啾啾"、"慌忽"、"憭栗"等等，则亦见于楚辞的其他篇章。所以，从淮南诸士仅存的篇章中，也已可以看出他们对楚辞是多所闻见的。特别是淮南王刘安本人，还曾作过著名的《离骚传》，据《汉书·淮南王安传》说："时武帝方好艺文，以安属为诸父，博辩善为文辞，甚尊重之。使为《离骚传》，旦受诏，日食时上。"所谓《离骚传》就是对《离骚》的注解（说详下节），由此可见，刘安及其门下之士对楚辞不仅

所谓《离骚传》就是对《离骚》的注解。

有所掌握和学习，并且已发展到研究阶段。淮南王国都在寿春（今安徽寿县），按《史记·楚世家》，考烈王二十二年“楚东徙，都寿春，命曰郢”，所以寿春是楚国的最后一个政治文化中心。淮南王刘安在这里发掘并传扬楚辞，显然是颇多有利条件的。直到宣帝时，为了要听楚辞的诵读，还必须到“九江”去征召年老的被公，“九江”本楚国故地，后为秦郡，在汉初正是淮南国都寿春的所在地。由此可见，在楚国故地，尤其是在曾经作为楚国首都的地方，还是始终有楚辞流传的。

在楚国故地，尤其是在曾经作为楚国首都的地方，还是始终有楚辞流传的。

以上两条线索可以说是汉初重新搜集和发掘楚辞的主要渠道，它们分别经由庄助、朱买臣和刘安等人将楚辞集中到汉廷。这一集中当然也和汉武帝“方好艺文”很有关系，所以庄助、朱买臣竟能因楚辞而得幸，而刘安也因“博辩善为文辞”而甚受“尊重”。最高统治者如此喜爱楚辞，则有关作品的集中也就势在必然了。司马迁在《史记·屈原贾生列传》中既摘载《渔父》篇中的主要事辞，又全录《怀沙》全文，还在篇末赞语中说：“余读《离骚》、《天问》、《招魂》、《哀郢》，悲其志。”可见司马迁所读到的屈原辞是比较多的，而这正与他在武帝时代身为史官、得观宫廷典籍分不开的。司马迁所转载和提到的篇章可以视为楚辞在史书中的正式著录，同时也是楚辞毕竟流传到汉代的一个小结；虽然由于赞语的体例，作者不可能完整罗列他所见到的全部篇章。

司马迁所读到的屈原辞是比较多的，而这正与他在武帝时代身为史官、得观宫廷典籍分不开的。

楚辞经过流传，是如何编辑成书的？现在可以肯定的是，今传《楚辞》十七卷本（即王逸《楚辞章句》本）最早是由刘向在西汉末年编辑的。因为王逸在《楚辞章句·离骚后叙》中说得很明白：屈原辞“凡二十五篇”，又“后世雄俊莫不瞻慕，舒肆妙虑，缵述其词。逮至刘向典校经书，分为十六卷”。十六卷中包括屈原辞七卷二十五篇（计有《离骚》一篇，《九歌》十一篇，《天问》一篇，《九章》九篇，《远游》一篇，《卜居》一篇，《渔父》一篇；各篇均由王逸在序中标明为屈原所作）。另外的九卷则是：

《九辩》一卷（王逸序谓宋玉所作）；

《招魂》一卷（王逸序谓宋玉所作）；

《大招》一卷（王逸序谓“屈原之所作也，或曰景差，疑不能明也”）；

《惜誓》一卷（王逸序谓“不知谁所作也，或曰贾谊，疑不能明也”）；

《招隐士》一卷（王逸序谓淮南小山所作）；

《七谏》一卷（王逸序谓东方朔所作）；

《哀时命》一卷（王逸序谓严［庄］忌所作）；

《九怀》一卷（王逸序谓王褒所作）；

《九叹》一卷（王逸序谓刘向所作）。

这就是刘向所编的十六卷本，其中既有屈原、宋玉等楚人之辞；也收了所谓“后世雄俊”的“缵述”之词，包括刘向本人所作的一篇。其后王逸为十六卷本作“章句”解说，又加进了他自己所作的一篇《九思》，于是全书就成为今传的十七卷本；并在书前标明“汉护左都水使者光禄大夫臣刘向集”，“后汉校书郎臣王逸章句”。

在刘向编定的十六卷本《楚辞》之前，是否还曾有更早的楚辞集呢？这个问题却难以确说。

但是，在刘向编定的十六卷本《楚辞》之前，是否还曾有更早的楚辞集呢？这个问题却难以确说。王逸在《离骚后叙》中谈到屈原辞“凡二十五篇”之后，紧接着说：“楚人高其行义，玮其文采，以相教传。”又在《天问后叙》中说：“昔屈原所作凡二十五篇，世相教传。”那么这二十五篇究竟是分散“教传”的呢，还是集在一起

"教传"的?这就无法确考。不过从一些迹象上看,屈原辞在汉初恐怕还是有一个逐渐发掘的过程,因而以分散流传的可能性为大。例如司马迁在《屈原贾生列传》中说"余读《离骚》、《天问》、《招魂》、《哀郢》,悲其志",这明明是把《招魂》归为屈原所作,但王逸却在《招魂》一篇的序中说是宋玉所作(这大概是沿用刘向之说);司马迁只提《离骚》等四篇,固然不能由此断定他绝对没见过一部"屈原集"(因为有可能见了"屈原集"而单提其中的四篇);但如果司马迁果真已见过一部"屈原集",并且其中包含了《招魂》一篇,那么到后来《招魂》就似乎不应该从"屈原集"中分散出来,而被刘向或王逸另定为宋玉所作了。

不过从一些迹象上看,屈原辞在汉初恐怕还是有一个逐渐发掘的过程,因而以分散流传的可能性为大。

另外,《汉书·艺文志》有"屈原赋二十五篇"。班固在此《志》的开头说:"……至成帝时,以书颇散亡,使谒者陈农求遗书于天下,诏光禄大夫刘向校经传、诸子、诗赋……每一书已,向辄条其篇目,撮其指意,录而奏之。会向卒,哀帝复使向子侍中奉车都尉歆卒父业,歆于是总群书而奏其《七略》……今删其要,以备篇籍。"《汉书·艺文志》既是删取《七略》而成,可见其所著录的"屈原赋二十五篇"亦即刘向典校"经传、诸子、诗赋"时编校而成。那么这二十五篇是否也可以视为十六卷本《楚辞》以外的另一个《屈原辞集》呢?从道理上说,这也是可以的。因为汉时之书无非是联简成册、束帛为卷而已,与现在的书籍经过装订、发行而成定本是不 样的。因此,"屈原赋二丨五篇"与十八卷本《楚辞》,事实上恐怕也只是多寡有别的两种编集方式而已。但是,"屈原赋二十五篇"毕竟未见作为一个专集流传的痕迹,而十六卷本《楚辞》却在王逸作注之后成为稳定性很大的一部重要古籍,一直流传至今。

《汉书·艺文志》有"屈原赋二十五篇"。

"屈原赋二十五篇"与十六卷本《楚辞》,事实上恐怕也只是多寡有别的两种编集方式而已。

第二章 关于屈原

可以确信在战国后期的楚国曾有过屈原这一历史人物。

屈原自己也在《离骚》一开头就说“帝高阳之苗裔兮”，可见屈原乃是楚王朝的远房宗室。这都没有问题。但是，关于屈原这个人的详细情况，现在却并无足够的历史资料可据以说明。因此只能根据前人的研究成果，并参以己见，对屈原生平的几件重要事情略作考述。

可以确信在战国后期的楚国曾有过屈原这一历史人物。

根据前一章所论述的情况,可以确信在战国后期的楚国曾有过屈原这一历史人物。又《史记·屈原贾生列传》说:“屈原者,名平,楚之同姓也。”唐张守节《史记正义》:“屈、景、昭,皆楚之族。”屈原自己也在《离骚》一开头就说“帝高阳之苗裔兮”,王逸注:“屈原自道本与君共祖,俱出颛顼胤末之子孙,是恩深而义厚也。”可见屈原乃是楚王朝的远房宗室。这都没有问题。但是,关于屈原这个人的详细情况,现在却并无足够的历史资料可据以说明。因此只能根据前人的研究成果,并参以己见,对屈原生平的几件重要事情略作考述。

一 生年问题

屈原在《离骚》中说:“摄提贞于孟陬兮,惟庚寅吾以降。”这是可能据以考证屈原生年的唯一材料。首先,对于这两句辞,旧注中有两种较为重要的解释:

一种是王逸说，见《楚辞章句》“摄提”二句注：

太岁在寅曰摄提格。孟，始也。贞，正也。于，於也。正月为陬。庚寅，日也……言己以太岁在寅，正月始春，庚寅之日，下母之体，而生得阴阳之正中也。

王逸的意思是“摄提”为“摄提格”之简称。按“摄提格”是古代星历学中“太岁纪年”的年名之一；这种纪年法有十二个名称，“摄提格”乃是太岁在寅的年名。因此，这里说“摄提”就意味着屈原生于寅年（这个“寅年”与后世“干支纪年”中的“寅年”不是一回事。又，关于“太岁纪年”说详下文）。“贞于孟陬”意思是“正当正月”。“庚寅”指庚寅日。因此“摄提”二句连在一起就是说：寅年正月的庚寅日，为屈原降生之日。又按夏历以寅月为正月，那么这二句实际上也就是说屈原生于寅年寅月寅日。

另一种是朱熹说，见《楚辞辩证》上：

王逸以太岁在寅曰摄提格，遂以为屈子生于寅年寅月寅日，得阴阳之正中……以今考之，月日虽寅，而岁则未必寅也。盖摄提自是星名，刘向所言“摄提失方，孟陬无纪”，而注谓“摄提之星随斗柄以指十二辰”者也。其曰“摄提贞于孟陬”，乃谓斗柄正指寅位之月耳，非太岁在寅之名也。必为岁名，则其下少一“格”字，而“贞于”二字亦为衍文矣。

朱熹的意思是“摄提”二句只说明屈原生于寅月寅日，并不说明他生于什么年份。

>>>

古人所作流传
至今的屈原像。

这两种古注究竟谁是谁非呢?看来王逸是正确的。因为《淮南子·修务》高诱注中说:“岁星在寅曰摄提。”(按此当言“太岁在寅”,不当言“岁星在寅”,说详下文。)又《后汉书·张纯传》说:“摄提之岁,苍龙甲寅。”这说明“摄提格”简称为“摄提”古有其例,至少在汉代是如此。又顾炎武在《日知录》卷二十中曾针对朱熹说驳曰:“岂有自述其世系生辰,乃不言年,而止言月日者哉。”这些材料,有的反映事实,有的讲了道理,虽然数量不多,却足以助证王逸之说。

这两种古注究竟谁是谁非呢?

“摄提”是“摄提格”的简称,是“太岁在寅”的年名,那么这究竟是哪一年呢?近代研究者对此作了种种探索。

清人邹汉勋《屈子生卒年月考》、清人陈玚《屈子生卒年月考》、近人刘师培《古历管窥》都推算出屈原生于公元前343年,即楚宣王二十七年。他们所用的方法基本上是相同的,都是根据“干支纪年法”,结合屈原活动的大致时代,运用历史年表向上推排,结果找到楚宣王二十七年是戊寅年;他们认为如以这一年为屈原的生年,同他以后的活动情况比较适应,于是就这样定下来。

但这种方法其实是不对的。因为“摄提格”与“太岁在寅”等等,都是战国时所用的“星岁纪年法”(包括“岁星纪年”与“太岁纪年”)的说法,与“干支纪年法”不是一个系统。汉以前只用“干支”纪日(如屈原说“惟庚寅吾以降”,指生于庚寅日,即属此例)。用“干支”纪年始于汉代(东汉元和二年才由朝廷下令在全国实行,一直沿用至今)。东汉人又根据当时的“干支纪年”向上逆推,推出春秋、战国以至更早的年头的干支名称,这样来排定历史年表。因此,历史年表上所记的战国时代的“戊寅年”,不等于战国时通行的“星岁纪年法”中所说的“太岁在寅”之年。

“摄提格”与“太岁在寅”等等,都是战国时所用的“星岁纪年法”的说法,与“干支纪年法”不是一个系统。

那么如何才能找出战国时代的“太岁在寅”之年呢？

那么如何才能找出战国时代的“太岁在寅”之年呢？这就要按照“星岁纪年法”的系统，在后世找到一个基点，然后再往上逆推。郭沫若先生在1942年发表的《屈原研究》中就采用了这个方法。他从《吕氏春秋·序意》中找到“惟秦八年，岁在涒滩”两句话，其中“秦八年”就是秦始皇八年，即公元前239年；而所谓“涒滩”，则正是“星岁纪年法”中的“太岁在申”之名，与“摄提格”为“太岁在寅”之名属于同一系列。现在既然知道秦始皇八年（公元前239年）是“太岁在申”，就可以往上推算，结果算出楚宣王二十九年（公元前341年）为“太岁在寅”之年。但是仍然有问题。因为楚宣王二十九年的正月偏偏没有庚寅日，而屈原却明明说了他是在正月的庚寅日降生的，可见推算仍不确切。郭沫若认为这是因为在此期间“岁星超辰”一次的缘故。由于“岁星超辰”一次，所以“太岁在寅”之年实际上是公元前340年；也就是说，这时的“太岁在寅”之年，与作为基点的“秦八年”之间，应缩短一年距离。同时郭沫若又查出公元前340年的正月有庚寅日，就是正月初七这一天。于是他就将公元前340年的正月初七定为屈原的生日。

于是他就将公元前340年的正月初七定为屈原的生日。

所谓“岁星超辰”，是“星岁纪年法”中出现的一种实际情况。为了说明这个问题，需要先对“星岁纪年法”略作介绍。在“星岁纪年法”中，所谓“星”是指“岁星”，也就是太阳系九大行星之一的木星。所谓“岁”是指“太岁”（《汉书·天文志》称“太岁”，《史记·天官书》称“岁阴”，《淮南子·天文》称“太阴”，所指皆同）。因此，“星岁纪年法”实际上包含两项内容，即“岁星纪年”和“太岁纪年”，二者一实一虚，一里一表，合成为“星岁纪年法”。至于这个纪年法为什么有“岁星纪年”与“太岁纪年”两套办法，这就又需分别说明。

现在先从“岁星纪年”说起。古人把黄道附近一周天分为十二等分，以恒星二十八宿定位，并由西向东依次给以“星纪”、“玄枵”等十二个名称，称为“十二宫”或“十二星次”。古人又观察到木星（岁星）自西向东而行，十二年绕天一周，正好是一年移一宫，或者说一年行经一个星次。这样，当岁星在“星纪宫”的年份，就叫“岁在星纪”；下一年岁星移人“玄枵宫”，就叫“岁在玄枵”。其他十宫以此类推，十二年周而复始。这就是“岁星纪年”，其纪年之法是以实际天象为依据的，所以也可以说是为“星岁纪年法”提供了天文学的基础。

现在先从“岁星纪年”说起。

那么，在“岁星纪年”之外，为什么还要搞一个“太岁纪年”呢？这是因为古人原来又有“十二辰”的概念，也是把黄道附近一周天等分为十二，而分别以“子”、“丑”、“寅”、“卯”等“十二支”为名；但其命名次序却是自东而西的，正好和前面所说的“十二宫”（或“十二星次”）的方向相反。因此，“岁星纪年”中的岁星过宫次序，如按人们广泛熟悉的十二辰位来说，“子”、“丑”、“寅”、“卯”等十二个辰名的次序便需颠倒过来。然而“十二支”的名称由来已久，次序也早已固定，它们用做“十二辰”的名称也久为人所熟习，把它们的次序颠倒过来当然会使人感到不习惯，而这也就意味着“岁星纪年”在实际应用中并不方便。为了解决这个问题，古星历学家就设想出一个假岁星，名之为“太岁”，与真岁星相应而以相反的方向“运行”，即正当真岁星在周天十二宫的道路上自西向东实际运行时，假岁星（太岁）便在星历家的心目中沿着十二辰的顺序“运行”：

在“岁星纪年”之外，为什么还要搞一个“太岁纪年”呢？

“十二宫”名及岁星过宫次序（自西向东运行）→	①	②	③	④	⑤	⑥	⑦	⑧	⑨	⑩	⑪	⑫	
	星纪	玄枵	诹訾	降娄	大梁	实沈	鹑首	鹑火	鹑尾	寿星	大火	析木	
	丑	子	亥	戌	酉	申	未	午	巳	辰	卯	寅	“十二辰”名及太岁过辰次序（自东向西运行）←
	⑫	⑪	⑩	⑨	⑧	⑦	⑥	⑤	④	③	②	①	

这样，当“岁星纪年”说“岁在星纪”时，“太岁纪年”就说“太岁在寅”（并给一个名称叫“摄提格”）；其余依此类推，如“岁在玄枵”=“太岁在卯”（名称叫“单阏”），“岁在诹訾”=“太岁在辰”（名称叫“执徐”）……“太岁纪年”虽然并不反映实际天象，但因为它的次序与传统“十二支”的次序一致，所以便于实用而较为通行。综上所说，“岁星纪年”与“太岁纪年”是一实一虚，一里一表；二者合在一起，便是完整的“星岁纪年法”。

现在就可以进一步说到所谓“岁星超辰”（按：准确的说法应是“岁星超宫”或“太岁超辰”）这个问题了。古人观察到木星（即岁星）十二年绕天一周，这实际是不完全准确的，确切的数字应是11.8622年便绕完一圈。因此岁星每经过86.0827年便要超一次宫，也就是说每经过这些年，木星的位置便有一个宫的误差；因此用“太岁纪年”就要跳过一个太岁年名。郭沫若先生算出公元前341年是“太岁在寅”，也就因为考虑到“太岁超辰”，所以减去一年，把公元前340年作为“太岁在寅”之年。他这种考虑是一个贡献，但得出的结论还不准确，因为事实上公元前340年不是“太岁在寅”。

郭沫若先生这种考虑是一个贡献，但得出的结论还不准确，因为事实上公元前340年不是“太岁在寅”。

1954年浦江清先生发表《屈原生年月日的推算问题》一文（见《历史研究》1954年第1期），他按照“星岁纪年法”的系统找到了另一个基点，这就是汉武帝太初元年（公元前104年）太岁在寅。这基点是完全可靠的，因为当时改变年号（把元封七年改为太初元年）

以及“太初历”的制定都与此有关,《史记·历书》和《汉书·律历志》对此均有详尽记载。浦氏就以此为基点往上推算,他的算法是:

$$-104-11.8622\times 20=-341.244$$

在这个算式中,“-104”即指公元前104年,即汉武帝太初元年,太岁在寅。11.8622是岁星绕天一周的年月。“20”是设想从太初元年往上推到屈原出生时,这个期间岁星在周天绕了20圈。结果是算出了公元前341年为太岁在寅之年。但问题仍未解决,因为正如前面所说,公元前341年的正月是没有庚寅日的。浦氏因此又根据清人钱大昕的说法,将“太岁”与“太阴”分别为二,它们之间相差两个辰次,“太阴”在寅则“太岁”在子,“太阴”在卯则“太岁”在丑(钱说见《潜研堂文集》卷十六《太岁太阴辨》);又进而疑心公元前341年实际是“太阴在寅”,那么要想求得“太岁在寅”还需往后推两年,即公元前339年。这一年正月十四日是庚寅日。所以,浦氏便定公元前339年为屈原的生年。

但问题仍未解决,因为正如前面所说,公元前341年的正月是没有庚寅日的。

浦江清计算太岁超辰较为精密,但他推到了公元前341年却又要往后推两年,这主要出于假想,并无足够的根据。所以胡念贻同志又在1978年发表《屈原生年薪考》(见《文史》第五辑)加以反驳。反驳很有说服力,而做出正面结论的方法则可谓相当巧妙。那就是仍以汉武帝太初元年(公元前104年)为基点,而设想从屈原出生到这个基点之间,岁星不是转了20圈,而是转了21圈,因此就列出这样一个算式:

$$-104-11.8622\times 21=-353.1062$$

这样,胡念贻同志就把屈原的生年定为公元前353年(楚宣王十七年)。这年的正月二十三日是庚寅日。迄今为止,关于屈原生年的考证虽还有多种说法,但比较而言都不如胡氏之说为近是。

迄今为止,关于屈原生年的考证虽还有多种说法,但比较而言都不如胡氏之说为近是。

因为从系统的观点来看，屈原的生年问题是不能孤立地加以考察的，必须与屈原生平的其他事情联系起来进行分析和验证；而采用胡氏之说。则屈原的各种事迹才能形成一个较为优化的有序结构。这将在以下各节中分别照应说明。

二　三闾大夫与左徒

考证屈原的经历遭遇，主要有两方面的材料。

考证屈原的经历遭遇，主要有两方面的材料。第一是史传方面的材料，主要有《史记·屈原贾生列传》中的屈原传部分；刘向《新序·节士》篇中的屈原传也可以参考。另外，《史记·楚世家》中怀王、襄王二朝的记事，对于考证屈原事迹的背景来说，也是重要的史料。第二是屈原的辞作，里面有不少材料，可以说明屈原的经历。此外还有一些零散的材料，见于记传序注或模拟之作，也有助于考证。总起来看，这些材料是相当疏略和模糊的，只能据以说明屈原的主要经历，而且这种说明也还是可以商榷的。

屈原是楚王朝的宗族，虽然宗亲关系已很疏远，但毕竟是贵族出身；他又依靠自己的才德担任过三闾大夫和左徒这两个重要的官职。

屈原做过三闾大夫，这最早见于《楚辞·渔父》篇。

屈原做过三闾大夫，这最早见于《楚辞·渔父》篇："渔父见而问之曰：'子非三闾大夫与？何故至于斯？'"后来，王逸又在《楚辞章句·离骚序》中说：

> 屈原与楚同姓，仕于怀王，为三闾大夫。三闾之职掌王族三姓，曰昭、屈、景。屈原序其谱属，率其贤良，以厉国士。

由此可见，这是一个与宗族事务有关并负责督导楚王朝贵族子弟的职务。从事这一职务显然要具备三个条件：第一，要在宗族中被公认为德才兼备。因为楚王朝总不会让一个行为不端、不学无术的人来督导那些宗族子弟，这是非常明显的。第二，本人必须也是楚王朝的宗族，而且还不能是宗族中太没落的成员；如果太没落了，恐怕就难以管教那些年轻贵族了。第三，必须有一定的年纪，倘若是个小青年，让他去管别的小青年，肯定是不能称职的。

从事这一职务显然要具备三个条件。

屈原当过三闾大夫之外，又当过左徒，这仅见于《史记·屈原列传》：

屈原当过三闾大夫之外，又当过左徒，这仅见于《史记·屈原列传》。

> 屈原者，名平，楚之同姓也。为楚怀王左徒，博闻强志，明于治乱，娴于辞令。入则与王图议国事，以出号令；出则接遇宾客，应对诸侯，王甚任之。

从这情况来看，左徒之职显然比较亲贵。但在春秋、战国的历史资料中，找不到对左徒这一官职的直接解释。因此也有人认为这是个小官，如唐代张守节《史记正义》说，左徒“盖今在左右拾遗之类”。这个说法出于想当然，不见得符合事实。《史记·楚世家》记顷襄王二十七年，“楚使左徒侍太子于秦。三十六年，顷襄王病，太子亡归。秋，顷襄王卒，太子熊元代立，是为考烈王。考烈王以左徒为令尹，封以吴，号春申君。”春申君名黄歇，他由左徒升为令尹（首相），固然有特殊的原因，即当考烈王作为太子为质于秦时，黄歇曾冒自己被秦国杀害的风险，使太子逃回楚国，因而得以立为楚君(事见《史记·春申君列传》)。但无论如何,左徒这个官总要有相当高的地位,才能够一下子提升为令尹。像“左右拾遗之类”的卑微官职,是不可能直接升为首相的。另外,从黄歇与考烈王的密切关系中也可以看出,左徒应是王室的近臣,是比较亲贵而接近于权力中心的。

屈原做过三间大夫,又做过左徒,究竟哪个职位在前呢?

屈原做过三间大夫,又做过左徒,究竟哪个职位在前呢?有人认为他先做左徒,后来降职才当了三间大夫。这个看法是不准确的。屈原在《离骚》中曾回忆说:

余既滋兰之九畹兮,又树蕙之百亩。
畦留夷与揭车兮,杂杜衡与芳芷。
冀枝叶之峻茂兮,愿竢时乎吾将刈。

可见屈原的确当过三间大夫,这里所说的正是他在当三间大夫时所做的工作之一。

这里所回忆的,显然是指对人才的培养,而且是指一种培养人才的专门工作,才会这样集中而有一个规模。可见屈原的确当过三间大夫, 这里所说的正是他在当三间大夫时所做的工作之一。接着屈原又说:

虽萎绝其亦何伤兮,哀众芳之芜秽。

后面又说:

兰芷变而不芳兮,荃蕙化而为茅。
何昔日之芳草兮,今直为此萧艾也!
岂其有他故兮,莫好修之害也。

余以兰为可恃兮，羌无实而容长；
委厥美以从俗兮，苟得列乎众芳。
椒专佞以慢慆兮，榝又欲充夫佩帏。
既干进而务入兮，又何芳之能祗？
固时俗之流从兮，又孰能无变化？
览椒兰其若兹兮，又况揭车与江离？

这些显然是说他所培养的许多人才后来都变质了，因为“干进而务入”，都不惜同流合污甚至推波助澜。从培养“人才”到这些人登上政治舞台并变得很坏，这不可能是很短的时间。然而，现在大多数研究者都认为《离骚》是屈原遭谗去职、被迫疏远朝廷的时候。这个看法是大致正确的（下章《离骚研究》对此有详考）。屈原被撤去左徒，这是他在政治上受到的最大打击；从他罢官到写《离骚》，时间相隔不久；在这中间不可能再有一段充当三闾大夫、培养贵族子弟、直到亲眼看见这些人变质等等如此久长的一段经历。

从培养“人才”到这些人登上政治舞台并变得很坏，这不可能是很短的时间。

再从精神面貌和心理状态来说，屈原罢官被疏，既是政治上的最大打击，也在精神上受到极大的创伤；所以他当时迫切想做的事情是弄清是非，洗刷种种诬蔑与诽谤。这种心情在《离骚》中有极为鲜明的表现；他在那时根本顾不上作出为国家培养人才这样积极而又长远的打算，所以《离骚》中所说的“滋兰九畹”、“树蕙百亩”之类，都是对多年以前的情事的回忆；“何昔日之芳草兮，今直为此萧艾也”，才是现实中的景况。屈原在三闾大夫时期写过什么辞作？现在不可确考。但从内容上看，《九章·橘颂》是一篇励志劝学之辞，很可能是屈原在当三闾大夫时所作，既以自勉，亦以励

这种心情在《离骚》中有极为鲜明的表现。

人；全篇以橘为比，要求自己及三闾子弟们应当像橘那样，既有才华，又有内美，可负重任，出类拔萃。又因屈原本人及其所督率之士皆为楚之宗族，所以篇中特别强调："受命不迁，生南国兮。深固难徙，更一志兮。"全篇表现的情绪从容镇定，恰与《离骚》成为对比，令人想见他身为三闾大夫时弦歌讽咏、化育多士的风范。这种情绪和风范在屈原后来的辞作中再也不可得见，因此显然说明，屈原从事培养人才的工作只可能是在尚未遭谗被疏、政治上未遭任何打击之前。

全篇表现的情绪从容镇定，恰与《离骚》成为对比，令人想见他身为三闾大夫时弦歌讽咏、化育多士的风范。

再从楚王朝方面来说，既然对屈原疏远了，也就不会再把有关宗族事务、栽培贵族子弟这样的工作交给他去做；而一个受到朝廷冷落、被贵族们群起而攻的人，也决不可能得到贵族子弟的尊重并接受他的督导。

总之，屈原当三闾大夫是在当左徒之前，时间不会很短，所以他在楚国是以三闾大夫闻名的。

总之，屈原当三闾大夫是在当左徒之前，时间不会很短，所以他在楚国是以三闾大夫闻名的。后来升为左徒，他所培养的贵族子弟也都进入了楚国的政治领域；但他们为了"干进务入"，不惜同流合污，而在屈原受到重大打击时，还完全背弃了他。所以屈原才为他所培养的人纷纷变节而深感痛心，这在《离骚》中表述非常清楚，只不过《离骚》描写培养人才乃是对过去的回忆。

这里又需要回过去说说屈原的生年问题。楚怀王即位是在公元前328年。又据《史记·屈原列传》说：

> 屈平既绌，其后秦欲伐齐，齐与楚从亲。惠王患之，乃令张仪佯去秦，厚币委质事楚，曰："秦甚憎齐，齐与楚从亲，楚诚能绝齐，秦愿献商於之地六百里。"楚怀王贪而信张仪，遂绝齐。使使如秦受地，张仪诈之曰："仪与王约六里，不闻六百里。"楚

使怒去，归告怀王。怀王怒，大兴师伐秦……明年，秦割汉中地与楚以和，楚王曰："不愿得地，愿得张仪而甘心焉。"张仪闻，乃曰："以一仪而当汉中地，臣请往如楚。"如楚，又因厚币用事者臣靳尚，而设诡辩于怀王之宠姬郑袖。怀王竟听郑袖，复释去张仪。是时屈平既疏，不复在位，使于齐，顾反，谏怀王曰："何不杀张仪？"怀王悔，追张仪不及。

这就是张仪欺楚事，据《楚记·楚世家》，张仪第一次到楚国是在怀王十六年（公元前313年），第二次到楚国则在怀王十八年（公元前311年），而《屈原列传》两次标明"屈平既绌""屈平既疏，不复在位"。可见屈原任左徒是在怀王十六年之前；究竟是哪年到哪年，因史无明文，不可确说。清代林云铭在《楚辞灯》中认为屈原任左徒是在怀王十一年（见《楚辞灯》附《楚怀襄二王在位事迹考》），大约因为这一年苏秦以"合纵"之策联结六国共伐秦国，而楚怀王为纵约之长（事见《楚世家》），其时楚国较强，所以估计屈原正在左徒之位。理由虽不充分，但从屈原在怀王十六年已经去职这一点来看，林氏的推测可能是近于事实的。现在假定屈原在楚怀王十年至十五年（公元前319—314年）为左徒，而他任三闾大夫又在此之前，假定为楚怀王五年至十年（公元前324—319年），再来对照有关屈原生年的几种说法，就易于分辨何者较为合理了。

这就是张仪欺楚事。

郭沫若说屈原生于公元前340年，则至楚怀王五年（公元前324年）屈原十六岁，这样一个小青年要当三闾大夫，担负起督导贵族子弟的责任，是根本不可能的。又至楚怀王十年（公元前319年），屈原也只有二十一岁，这样的年龄也显然不可能任为左徒，担当"入则与王图议国事，以出号令；出则接遇宾客，应对诸侯"的

郭沫若说屈原生于公元前340年，则至楚怀王五年屈原十六岁，这样一个小青年要当三闾大夫，担负起督导贵族子弟的责任，是根本不可能的。

重任。浦江清认为屈原生于公元前339年，比郭说还晚一年，也就是说屈原担任三间大夫和左徒时，年龄都还要减一岁，那就更不可能了。只有胡念贻说比较符合事理。他认为屈原生于公元前353年，则至楚怀王五年（公元前324年）为二十九岁，至楚怀王十年（公元前319年）为三十四岁，至楚怀王十五年（公元前314年）为三十九岁；这就意味着屈原约在二十九岁至三十四岁时为三间大夫，又在三十四岁至三十九岁时为左徒，这都还是有可能的。当然，这样说也不过是假定，但这假定却是在几个环节的相互制约中找出的较为优化的"方案"（相互制约的关系在后文论述其他事情时还要涉及）。所以，从系统的观点来看，这种假定比孤立地定点考证可能更为近是。

三　一场激烈的政治斗争

这件事实际是一场重大而激烈的政治斗争在历史上留下的影子，司马迁对此事有所了解而并不充分认识其实质与意义，所以他的记载比较简单而流于表面。

《史记·屈原贾生列传》说，屈原为左徒时，甚得楚怀王的信任，"上官大夫与之同列，争宠，而心害其能。怀王使屈原造为宪令，屈平属草稿未定，上官大夫见而欲夺之，屈平不与；因谗之曰：'王使屈平为令，众莫不知；每一令出，平伐其功曰，以为非我莫能为也。'王怒而疏屈平。"这件事实际是一场重大而激烈的政治斗争在历史上留下的影子，司马迁对此事有所了解而并不充分认识其实质与意义，所以他的记载比较简单而流于表面。

所谓"宪令"就是法令，与本传上文所说的"号令"颇有不同。"宪"是法的意思，《左传》襄公二十八年："此君之宪令，而小国之望也。"杜预注："宪，法也。"又《韩非子·定法》："法者，宪令著于官府。”又《汉书·萧望之传》：“作宪垂法，为无穷之规。”可见“宪令”乃是具有根本性、原则性的法规。“号令”是根据政事需要随时发布的，“宪令”的制定则是一种立法，具有稳定性，是执法行政的依据。楚国的建立，历史相当悠久，显然早已“作宪垂法”，著为定典；那么，楚怀王为何又使屈原“造为宪令”呢？可想而知这是要以新法替代或补充旧法，是一次变法活动。又据上官大夫所说，“每一令出，平伐其功”云云，可见新定的法律不止一条，这次变法是有一定规模的，它乃是楚国的政治变革进入立法阶段的表现。

楚怀王为何又使屈原“造为宪令”呢？

司马迁说上官大夫由于争宠嫉妒而谗害屈原，这固然是历代佞臣的惯常表现，但当时的事情恐怕并不这样简单。“夺稿”一事早已受到一些人的怀疑：楚怀王明明让屈原“造为宪令”，为何起草未定上官大夫就想夺过来呢？况且即使把它夺到了手，又能怎么样呢？难道能到楚怀王面前去冒制宪之功？“上官夺稿，屈平不与”，从字面上看简直像是一场儿戏，所以有人怀疑“夺”和“与”这两个字要另作解释。“夺”有强迫修改的意思，《论语·子罕》：“三军可夺帅也，匹夫不可夺志也。”后一个“夺”字就不是夺取之意，而应解释为强使改变。又，李密《陈情表》：“生孩六月，慈父见背；行年四岁，舅夺母志。”最后一句是说舅父强使李密的母亲改变守节之志，再嫁他人。同时，“与”在这里也不解释为“给”，而是“顺从”或“同意”的意思。《国语·齐语》：“桓公知天下诸侯多与己也。”这“与”就是“亲附”、“顺从”的意思。《论语·先进》“侍坐章”：“夫子喟然叹曰：‘吾与点(曾皙)也。’”这“与”就是“同意”的意思。因此，《史记·屈原列传》所记的“上官夺稿，屈平不与”之事，并不是说上官大夫要夺取宪令的草稿，但屈原不给他；而应解释为上官大夫想强使屈原修改宪令的内容，而屈原不肯顺从，不能

《史记·屈原列传》所记的“上官夺稿，屈平不与”之事，并不是说上官大夫要夺取宪令的草稿，但屈原不给他；而应解释为上官大夫想强使屈原修改宪令的内容，而屈原不肯顺从，不能同意。

同意。这种解释比较符合情理，训诂上也有根据，当然可以参考。不过它未免过于巧妙，而凡是过于巧妙的东西，往往未必实在可靠。所以笔者还是倾向于认为，司马迁本来就不充分认识“制宪”与“夺稿”是一场变法与反变法的深刻斗争；他在《屈原列传》中明明指出上官大夫与屈原同列，“争宠而心害其能”，可见是把这场斗争归结为出于嫉妒；因此对《屈原列传》中的“夺”、“与”二字是不必深求其解的。这样，“夺稿”一事仍只能视为一个“黑箱问题”，主要从其“输入”和“输出”两端的信息来探究其深刻的内容和意义。

战国时代是个大变动的时代。

战国时代是个大变动的时代。用历史唯物主义的观点来分析变动的实质。可以看出当时各国都在探索或实行上层建筑的改革，以适应已经变化了的经济基础。关于这种经济基础的变化究竟属于什么性质，学术界多有争议，迄无定论。笔者比照诸说，仍相信春秋战国之交是中国由奴隶社会进入封建社会的分界线；就楚国地区而言，情况也不例外，而且楚国经济基础的变化还出现较早。据《春秋》所记，鲁国在宣公十五年（公元前594年）“初税亩”（“税”是动词，“税亩”即按亩收税），标志着公田转化为私田和封建制生产关系的确立，这在诸侯各国中是最早的。往后不到五十年，楚国的经济领域中也出现了同样的变化。《左传》襄公二十五年（公元前548年）记楚国司马（官名）芀掩（人名）受命对全国土地进行登记和统计，区分山地、沼地、丘陵地、碱地、涝地和肥沃的平地等，实行“量入修赋”，即根据土地所有者在各类土地上的实际收入来征收赋税（主要是提供车马和武器）。根据事理来推测，作为奴隶制在农业生产中的表现形式的“井田”，是不可能在山地、沼地、丘陵等地方出现的；因此“量入修赋”这一办法的实行，证明

往后不到五十年，楚国的经济领域中也出现了同样的变化。

楚国地主阶级已经大量开垦了各式各样可以获利的土地，成为自己的私田，因而迫使楚王朝废除固定的井田贡赋（在芳掩统计土地的措施中，有一项是"井衍沃"，这是楚国在平原肥沃的土地上曾有过井田的确证。这里"井"是动词，意思是按"井"计数这些原有的井田，使之和其他土地一起纳入"量入修赋"的范围）；在承认地主阶级土地私有的基础上，根据他们在各类地亩上的实际收入来征收赋税，从而也就在楚国确立了封建制的生产关系。那是在屈原出生的近二百年前。

经济基础的变化必然引起上层建筑的变革。这个变革终于在楚悼王十九年（公元前383年）左右发生了。那时悼王任用吴起实行变法，比秦国的商鞅变法（公元前359年）要早二十多年，但没有成功，被旧贵族势力扼杀了。然而在已经发生了变化的经济基础之上，由于生产力发展的要求，政治上的变革还是必然要出现的。楚悼王以后，楚国经历了肃王、宣王、威王三朝而至于怀王。从历史记载看，前三朝都没有发生类似于政治变革的事情。只有怀王时才出现了屈原与旧贵族的激烈斗争；其矛盾性质既与约七十年前吴起同旧贵族的冲突基本一致，而斗争的激化又与怀王使屈原"造为宪令"密切相关。

这个变革终于在楚悼王十九年左右发生了。

以上所说的情况，可以比喻为在"黑箱问题"的"输入"一端出现的种种信息。这些信息显然有助于从一个方面解开"制宪夺稿"这一千古疑案，说明它是一场什么性质的斗争。

这些信息显然有助于从一个方面解开"制宪夺稿"这一千古疑案，说明它是一场什么性质的斗争。

那么，在"黑箱问题"的"输出"一端又有些什么信息呢？应该说这方面的信息是更加大量而鲜明的。

首先值得注意的是，这场斗争给屈原本人造成的后果。按照司马迁的说法，上官大夫因为夺稿不成而向怀王进谗，谗言的内容不过是："王使屈平为令，众莫不知；每一令出，平伐其功曰，以为非我莫能为也。"而其后果也只是"王怒而疏屈平"。但事实上屈原在制宪失败之后却是一蹶不振，不仅得不到信任，而且由疏远而被放逐，后果极其严重。尤其值得注意的是，屈原在此后所写的辞作中，总是表现出政治上极端孤立，所以他的怨愤也一直指向楚国的整个旧贵族势力。假如像司马迁所说，仅仅是上官大夫一个人嫉妒屈原而加以诬害，那么何至于有那么多人都来反对屈原呢？这必定是因为屈原的全部作为、特别是他所制定的"宪令"，严重损害了整个旧贵族势力的利益，所以他们才群起而攻，就像七十年前楚国旧贵族势力对待吴起那样。所以问题的关键并不在于由谁来起草宪令，而在于主张制定什么样的宪令。屈原在《离骚》中曾指责楚怀王："初既与余成言兮，后悔遁而有他；余既不难夫离别兮，伤灵修之数化！"所谓"成言"显然不仅是指让屈原来做起草工作，而主要是指已经决定要在楚国制定什么样的宪令；"悔遁而有他"则是指怀王终于改变了原来的决定。"余既"二句意思更为明白，表明屈原并不计较个人是否得到宠信，他所伤痛的是怀王在政治上反复多变。所以，把"制宪夺稿"说成屈原与上官大夫个人之间的斗争是不正确的，至少可以说这仅仅是反映了表面现象。上官"夺稿"的更深刻的动机，很可能是为了插手"宪令"的制定，从中设法维护旧贵族的特权；或者是为了事先了解"宪令"的变革内容，以便旧贵族方面可以预筹对策。正因为如此，他对屈原的诬害才得到所有反对变革的人的支持；其结果不仅屈原个人遭到彻底失败和完全孤立，而且连怀王也终于改变了原来的主意。假如怀王仅仅因为听信谗言而疏远屈原个人，那么他是完全可以另外找一个人来"造为宪令"的，然而却不见有这样的事。屈原之

尤其值得注意的是，屈原在此后所写的辞作中，总是表现出政治上极端孤立，所以他的怨愤也一直指向楚国的整个旧贵族势力。

假如怀王仅仅因为听信谗言而疏远屈原个人，那么他是完全可以另外找一个人来"造为宪令"的，然而却不见有这样的事。

被疏远，同时也就结束了楚国的变革，因而随后楚国的国势日益衰败；这种衰败绝不会是由屈原个人的进退宠辱所决定的，而只能取决于楚国在当时激烈斗争的列国形势下是否变法图强。制宪半途而废，楚国即趋衰落，这一事实最清楚不过地说明了“制宪夺稿”是一场什么样的政治斗争。

其次要探究屈原所坚持的变法革新究竟有些什么内容。由于屈原起草的宪令不曾流传，所以它的具体条文也就无从说起；但其中贯串的原则与精神却是可以考见的。因为屈原在其辞作中反复讲了他的政治理想与主张，而这是不可能不体现在他所坚持的变法与改革活动之中的。那么他的理想与主张究竟是什么呢？概括起来说就是通过修明法度与举贤授能来实现楚国的富强。修明法度与举贤授能在战国时代都有明确的针对性，前者是反对旧贵族违法乱纪、为所欲为，后者则是反对权贵世袭与任人唯亲，二者都触及了旧贵族的根本利益，是旧的上层建筑改革中最为重要而尖锐的内容。

屈原在其辞作中反复讲了他的政治理想与主张，而这是不可能不体现在他所坚持的变法与改革活动之中的。那么他的理想与主张究竟是什么呢？

屈原在其代表作《离骚》中说：“众皆竞进以贪婪兮，凭不厌乎求索。羌内恕己以量人兮，各兴心而嫉妒。”又说：“固时俗之工巧兮，偭规矩而改错。背绳墨以追曲兮，竞周容以为度。”这就是对旧贵族贪婪弄权、蔑视法纪的揭露。在屈原看来，这已经成为楚国的时弊，而要解决这个问题，当然必须明法执法，使“贪婪竞进”、“不厌求索”的人不能再为所欲为。至于举贤授能的思想，则在《离骚》中更有突出的表现。当屈原幻想“就重华而陈词”时，明确指出：“汤、禹俨而祗敬兮，周论道而莫差。举贤而授能兮，循绳墨而不颇。”“绳墨”即指法度。在屈原看来，夏、商、周三代的初期之所以获得成功，就因为能够举贤授能和依法行事，可见这两条是屈原着重坚持的主张。后文屈原设想要去国远逝，请巫咸降神，巫咸对他讲了一串历史故实，也都与举贤授能有关：“汤、禹严而求合兮，挚、咎繇而能调。苟中情其好修兮，又何必用夫行媒？说操筑于傅岩兮，武丁用而不疑。吕望之鼓刀兮，遭周文而得举。宁戚之讴歌兮，齐桓闻以该辅。”这里特别值得注意的是，在所举的一系列贤能之人中，除咎繇（皋陶）之外，竟全部出于社会低层；其中说到齐桓霸业，不说他捐弃前嫌任用名相管仲，却以本是小商贩而被不次擢用的宁戚为例，似乎更可玩味。所以，这里提到的一串事例，充分说明屈原思想中的举贤授能已经不限于在封建贵族中选拔人才，而是着眼于社会各阶层来强调唯贤是举。在旧贵族势力十分强大的楚国，屈原的这种想法显然是很有进步意义的。

这里提到的一串事例，充分说明屈原思想中的举贤授能已经不限于在封建贵族中选拔人才，而是着眼于社会各阶层来强调唯贤是举。

下面再着重谈谈屈原在《九章·惜往日》中所表现的法治思想，并对此篇所提供的信息的可靠性略作分析。《惜往日》说：

> 惜往日之曾信兮，受命诏以昭诗（诗一作时）。
> 奉先功以照下兮，明法度之嫌疑。
> 国富强而法立兮，属贞臣而日娭。
> 秘密事之载心兮，虽过失犹弗治。
> 心纯庬而不泄兮，遭谗人而嫉之。
> …………
> 乘骐骥而驰骋兮，无辔衔而自载；
> 乘泛泭以下流兮，无舟楫而自备。
> 背法度而心治兮，辟与此其无异。

这些话表现了更为明确的法治思想以及法治与富强的关系，

对于了解和评价屈原这个历史人物来说，显然极为重要。但是，《惜往日》究竟是不是屈原所作，学术界却长期存在争议。在论析这种争议之前，有必要先澄清一个问题。近代有些《楚辞》研究者都说，最早对《九章》中的后四篇（《思美人》、《惜往日》、《橘颂》、《悲回风》）提出怀疑的是宋代洪兴祖，理由是他在《渔父》篇的《补注》中说了“扬雄作《伴牢愁》亦旁《惜诵》至《怀沙》”这样一句话，因而便认定洪氏曾疑《怀沙》以后的四篇非屈原所作。但洪兴祖的原话却是这样的：

《惜往日》究竟是不是屈原所作，学术界却长期存在争议。

> 《艺文志》云，屈原赋二十五篇。然则自《骚经》至《渔父》皆赋也。后之作者苟得其一体，可以名家矣。而梁萧统作《文选》，自《骚经》、《卜居》、《渔父》之外，《九歌》去其九，《九章》去其八。然司马相如《大人赋》率用《远游》之语，《史记·屈原传》独载《怀沙》之赋，扬雄作《伴牢愁》亦旁《惜诵》至《怀沙》，（萧）统所去取未必当也。自汉以来，靡丽之赋劝百而讽一，无复恻隐古诗之义，故子云有曲终奏雅之讥。而（萧）统乃以屈子与后世词人同日而论，其识如此。则其文可知矣。

这段话的意思明白之极，乃是批评萧统在《文选》中对屈原的辞作选得太少了，连《史记》所载过的、司马相如和扬雄所学过的那些篇章也都不选，这就无异是把屈辞与汉以下的“靡丽之赋”“同日而论”，未免见识不高。这一段话对萧统的批评是否允当，且作别论。可是其中哪里有一丝一毫怀疑“屈原赋二十五篇”均为真作的意思呢？恰恰相反，洪兴祖的态度倒未免有点缺乏怀疑精神。至于洪氏所说的与扬雄有关的一句话，本出于班固的《汉书·扬雄

这一段话对萧统的批评是否允当，且作别论。

传》："又旁《惜诵》以下至《怀沙》一卷，名曰《畔牢愁》。"然而班固并未因此而怀疑《怀沙》以后的四篇，他在《艺文志》中照样著录"屈原赋二十五篇"。为什么同样的一句话被洪兴祖引了一下，便被理解为包含怀疑之意呢？最令人奇怪的是，由于最初有人因曲解洪兴祖的原话而作出了错误的论断，后来有些研究者竟连《楚辞补注》这样的必读之书都不一翻，便人云亦云，以讹传讹，这就不能不说是个学风问题了。所以，对洪兴祖并未怀疑《惜往日》等篇，必须加以澄清。

为什么同样的一句话被洪兴祖引了一下，便被理解为包含怀疑之意呢？

最早对《惜往日》提出怀疑的是宋人魏了翁，他说：

最早对《惜往日》提出怀疑的是宋人魏了翁。

> 子胥挟吴败楚，几墟其国。三闾同姓之乡，义笃君亲，决不称胥以自况也……《九章·涉江》言："贤不必用兮，忠不必以；伍子逢殃兮，比干菹醢。"此正引奢、尚而言。王逸陋儒，顾以为胥，又谬矣。《悲回风》（按当作《惜往日》）章云："吴信谗而弗味兮，子胥死而后忧。"吴之忧，楚之喜也。置先王之积怨深怒而忧仇敌之忧，原岂为此哉？又言"遂自忍而沈流"（按此句亦出《惜往日》），"遂"已然之词；原安得先沉流而后为文？此足明后人哀原而吊之之作无疑也。
>
> （《鹤山渠阳经外杂抄》二）

魏了翁是把《惜往日》误记为《悲回风》了，他所提出的两点辨伪根据则是近人多所引用的。后来，又有明人许学夷提出怀疑：

> 《惜往日》云："不毕辞而赴渊兮，惜壅君之不识。"《悲回风》云："骤谏君而不听兮，任重石之何益。"是岂屈子口语耶？

时不祥”,“乃陨厥身”;惋惜他没有“自引而远去”,“历九州而相君”。这说明贾谊对屈原的法治思想并未注意,也不了解。其后淮南王刘安作《离骚传》,把屈原之志推崇到可“与日月争光”的主度,然而却是因为《离骚》兼有《国风》、《小雅》之长。刘安又说《离骚》“上称帝喾,下道齐恒,中述汤武,以刺世事,明道德之广崇,治乱之条贯,靡不毕见。其文约,其辞微,其志洁,其行廉”。可见刘安实际是把《离骚》比为儒家经典,而屈原本人“志洁”、“行廉”,也无非就是贾谊所说的“贤良”、“方正”,仍旧与法治思想毫不相干。刘安对屈原的阐释与评价直接影响着司马迁,后者不仅在《屈原列传》中大段引用了刘安的《离骚传·叙》,而且《列传》全篇也只是把屈原描述为忠贞和有才能的人,而丝毫没有意识到他的法治思想。另外,两汉时代模仿屈辞的“代言体”作品,如东方朔《七谏》、庄忌《哀时命》、王褒《九怀》、刘向《九叹》、王逸《九思》等,也都没有强调屈原的法治思想。这些都是事实,而事实之所以会是这样,却又不是偶然的。

刘安实际是把《离骚》比为儒家经典,而屈原本人“志洁”、“行廉”,也无非就是贾谊所说的“贤良”、“方正”,仍旧与法治思想毫不相干。

汉高祖刘邦在兴建汉王朝的过程中,曾因除秦苛法,与民约法仅仅三章而深得人心。(见《史记·高祖本纪》)因此,汉朝即使在用法极苛的时代,也总要披上这样那样的外衣,而对法治有所讳言。大抵说来,西汉在武帝以前流行的是黄老之学,那时强调“与民休息”以恢复生产,用法也的确较宽。到了武帝时代,其严刑峻法已与秦无异,然而武帝却大力标榜“独尊儒术”;丞相公孙弘就因为“习文法吏事,而又缘饰以儒术”,所以深得武帝的宠信(见《史记·平津侯列传》)。酷吏张汤最善于迎合,“而刻深吏多为爪牙用者,依于文学之士,丞相弘数称其美”(见《史记·酷吏列传》)。在这样的统治思想笼罩之下,汉人推崇屈原就不可能把他当做一个坚持法治的人来推崇。在汉人看来，秦王朝是最讲法治的，而这又正是它失尽民心的败亡之由；他们又认为屈原是秦的死敌，所以便从来不认为屈原也是主张法治的（当然这并非屈原的全部思想）。汉人推崇屈原自有汉人的标准，而这标准正深刻体现了时代的特点并受到统治思想的有力制约。用诠释学的观点来说，屈原的辞作以至他这个人的事迹，作为朴素的历史信息来看，虽然是客观存在的，但对其符号载体的诠释却是信息的处理与加工，因而不能不为新的时代所用，并受到处于这个时代之中的"信息工作者"的主观因素的制约，从而使有关符号的"所指"带上时代的特色。所以，如果说具有那样鲜明的法治思想、并公然自称"贞臣"而蔑视楚王为"壅君"的《惜往日》，竟会出现在司马迁以后的"独尊儒术"的时代氛围之中，那就不能不说是一个超越时代的、极为反常的现象了。特别应该注意的是，司马迁的《屈原列传》中并未说到法治问题，如果说《惜往日》在前，司马迁作《屈原列传》曾把它作为参考，而忽视了其中的法治思想，这在汉代可以说是符合常理、比较自然之事；反之，若认为《惜往日》是根据《屈原列传》写出来的，而在写作中却又凭空增加并突出了法治思想，这在汉代可就成为难以理解的反常之举了。对于这样的反常之举，除非有极为过硬而无可争辩的证据，是决不能够信以为真的。

汉人推崇屈原自有汉人的标准，而这标准正深刻体现了时代的特点并受到统治思想的有力制约。

另外还有一点，也须略作辨析。《惜往日》末段说："乘骐骥而驰骋兮，无辔衔而自载；乘泛泭以下流兮，无舟楫而自备。背法度而心治兮，辟与此其无异。宁溘死而流亡兮，恐祸殃之有再。不毕辞而赴渊兮，惜壅君之不识。"这段话在全篇中颇为重要，实际是把沉渊殉国归结为法治与反法治斗争的结果；其中"心治"一语揭示统治者背弃法度、任意妄为，尤有言简意赅的鲜明性。但"心

这段话在全篇中颇为重要，实际是把沉渊殉国归结为法治与反法治斗争的结果。

治”：二字亦见于《韩非子·用人》篇，因此有人认为《惜往日》必出于韩非之后。《韩非子·用人》的原话是这样的：“释法术而任心治，尧不能正一国。去规矩而妄意度，奚仲不能成一轮。废尺寸而差短长，王尔不能半中。”可见不仅是“心治”这个词语彼此相同，而且两段话的用意与表述方法也是彼此相似的。这里首先应该指出，把《惜往日》与著名法家韩非的著作挂起钩来，这倒又是《惜往日》的法治思想的一个有力证明。但二者究竟是谁袭用了谁的词语，或仅为不约而同的巧合，这却都是无法确切考知的。不过，根据事理，也还可以作一点分析。假定《惜往日》是因袭了《韩非子》，则无非有两种可能：

这里首先应该指出，把《惜往日》与著名法家韩非的著作挂起钩来，这倒又是《惜往日》的法治思想的一个有力证明。

一种可能是汉人见了韩非之书而袭用其语。这个可能几乎不存在，因为上文已经说明汉人不会写出《惜往日》这样一篇有鲜明法治思想的辞作。即使汉人能写这样的辞作，也决不至于袭用韩非的思想与词语来代替屈原抒情述志；因为韩非作为韩国诸公子却不辞赧颜事秦，又终被诬害而死，这样的经历与汉人心目中始终坚持抗秦、不惜以身殉国的“贞臣”屈原是太不相称了。想代屈原立言。而竟借屈原之口去说韩非的意思与词语，这在汉人看来无异是对屈原的亵渎，所以他们是不至于这样做的。

还有一种可能是与韩非同时或稍后的战国时人伪作了《惜往日》。如果这样，那么此人必是楚国的辞作者，因为在战国时代，楚国以外是无人写楚辞的；即使万一有个别楚国以外的人也对楚辞感兴趣，也不会有那种热情来替一个楚国的“贞臣”鸣冤叫屈，这就是“代言体”楚辞绝不见于战国之世（除楚国外）的原因。那么会不会正是一个与韩非同时或稍后的楚国辞人写了这篇《惜往日》呢？这种可能性也是很小的，因为屈原与韩非大致是先后连接的

还有一种可能是与韩非同时或稍后的战国时人伪作了《惜往日》。

两个历史人物（屈原卒于公元前277年，韩非约生于公元前280年），而正如司马迁在《屈原列传》中所说："屈原既死之后，楚有宋玉、唐勒、景差之徒者，皆好辞而以赋见称；然皆祖屈原之从容辞令，终莫敢直谏。"连"直谏"都不敢，就更不用说在辞作中重翻楚国政治和屈原个人的旧案、并公然斥责楚王为"壅君"了。

汉人把《惜往日》列为"屈原赋二十五篇"之一这个最古老的说法，看来还不能够轻易推翻。

所以，汉人把《惜往日》列为"屈原赋二十五篇"之一这个最古老的说法，看来还不能够轻易推翻。当然，传统意义的考据家未必同意以上的种种论证，这是可以理解的；但他们也没提出什么大家都同意的证据，足以否定《惜往日》为屈原所作。所以笔者一开始就说，对于《惜往日》的真伪问题，目前事实上不可能作出确然无疑的结论。但在笔者看来，《惜往日》的思想内容至少有助于说明屈原在政治上的作为，他在楚国进行的是一场为了实行变革和法治而进行的斗争；他个人在楚国之所以会完全孤立并迭遭放逐而至于自沉，也主要是在这场重大斗争中彻底失败而导致的结果。

四　疏远、放逐与沉江

屈原曾经被放逐，这是他在辞作中明明说过的，也是司马迁以下绝大多数人都这么说的。

屈原曾经被放逐，这是他在辞作中明明说过的，也是司马迁以下绝大多数人都这么说的。司马迁在对屈原被放的情况做了记述后，说屈原"自投汨罗以死"（见《史记·屈原列传》）。司马迁的这些记述留下了一系列疑问，如"疏"与"放"的区别，放逐是一次还是两次，放逐的时间与地点，等等。后来王逸注《楚辞》，也在《离骚序》中先讲楚怀王听信谗言"乃疏屈原"，后讲顷襄王"复用谗言，迁屈原于江南"。又在《九章》总序中说"屈原放于江南之野"。

王逸还把屈原的所有辞作都与他的被放联系起来。这些说法仍然是模糊以至于不确的，无助于澄清有关屈原流放的种种疑问。往后，洪兴祖与朱熹注释《楚辞》，也都对此事少有证发。

对屈原被疏与流放情况的认识，在明清时期才逐步有所进展。最初是明代黄文焕在《楚辞听直》中指出，《九章》中的《思美人》与《抽思》是屈原在怀王时作于汉北（指汉水上游，在楚国郢都——今湖北江陵——之北），与江南无涉。清代林云铭在《楚辞灯·九章总论》中又进一步指出：

对屈原被疏与流放情况的认识，在明清时期才逐步有所进展。

> 王逸谓屈原放于江南之野，思君念国，忧国罔极，故复作《九章》，似《九章》皆江南之野所作也。兹以其文考之，如《惜诵》乃怀王见疏之后，又进言得罪，然亦未放。次则《思美人》、《抽思》，乃进言得罪后，怀王置之于外，其称造都为"南行"，称朝臣为"南人"，置在汉北无疑；若江南之野，则谓之"东迁"，而以思君为"西思"，有《哀郢》篇可证也。

林氏又在《九章·抽思》的篇末总讲中说：

> 屈子置身汉北，无所考据。刘向《新序》止云怀王放之于外，并未有汉北字样；即《史记》亦但云疏绌，不复在位。其作《离骚》虽有放流等语，亦未有汉北字样。今读是篇，明明道出汉北不能南归一大段，则当年怀王之迁原于远，疑在此地。比前尤加疏耳，但未尝羁其身，如顷襄之放于江南也。故在江南时不陈词，在汉北时陈词；《哀郢》篇言弃逐，是篇不言弃逐，盖可知矣。

总括，林氏在《九章总论》及各篇总讲中的意思，不外以下几点：

（一）屈原在怀王时遭谗，结果只是被疏，即《屈原列传》所说的“不复在位”，指不复在左徒之位，未尝不在朝。

（二）再谏则被迁于汉北，但这次被迁未遭拘禁，可以自由行动（包括陈词谏诉），而且几年后又被召回。

（三）顷襄王朝被放江南，永不召回，而且在流放中是被“羁身”的，不能自由行动。

和前人的说法相比，林氏的突出贡献在于把“疏”和“放”区别开来；同时又对“疏”分出层次，即屈原被疏起先仍旧在朝，后来更疏才被置于汉北。虽然汉北之有别于江南，黄文焕已经发现，但不如林说为详。另外，照林氏的意思来看，屈原被置于汉北只是贬官外放或罢职闲居，而后世有的研究者则认为这一次也是放逐，即第一次放逐。情况究竟如何，已难确考。但这一次也是因为受到谗害而被迫离郢的，则无疑义。

这一次也是因为受到谗害而被迫离郢的，则无疑义。

清代蒋骥在其所撰的《山带阁注楚辞》中又进一步肯定并论证了林云铭的说法。他认为屈原在怀王时“谪宦”（贬官）于汉北；到顷襄王时才被放逐于江南。这一点和林云铭说基本相同，但蒋说有其精密之处，即在于考证屈原被疏置与被放逐中的地理问题；而其意义又不限于地理，实际上是以地理为线索，大致弄清了屈原迁谪的行踪，确定了一些作品的创作时地。蒋氏书中附有五幅《楚辞地图》，即《楚辞地理总图》、《抽思·思美人路图》、《哀郢路图》、《涉江路图》、《渔父·怀沙路图》。这五张路图大致说明了屈原在怀、襄二朝两次被迫离开郢都以后的行踪。下面对这五张路图所表述的内容作一点概括的说明（原图从略）。

蒋骥认为，屈原在楚怀王时期因被贬斥而离开郢都，他先由郢都（今湖北省江陵县）向东进入汉水，然后溯流北上，到达汉北（指今湖北省襄樊市至郧县一带）。这就是《抽思、思美人路图》所表示的内容。

屈原在顷襄王时期因被放逐又一次离开郢都，他由郢都出发，沿长江东下，经今武汉地区，再向东直至陵阳（今安徽省南部青阳县附近有陵阳镇，在大江之南，青弋江之北）。这就是《哀郢路图》所表示的内容。

屈原从郢都至陵阳以及在陵阳所待的时间，共有九年之久。后来又沿着长江向西往回走，重新到达今武汉地区，然后折向西南，穿越洞庭湖，进入沅水继续向西，直到辰阳和溆浦（今湖南省辰溪、溆浦一带）。这就是《涉江路图》所表示的内容。

屈原从郢都至陵阳以及在陵阳所待的时间，共有九年之久。

不久，屈原又由溆浦出发，再入沅水东行，又穿过洞庭湖，到达湘水附近，最后在长沙以北的汨罗江投水自尽。这就是《渔父·怀沙路图》所表示的内容。

屈原又由溆浦出发，再入沅水东行，又穿过洞庭湖，到达湘水附近，最后在长沙以北的汨罗江投水自尽。

蒋骥之所论述虽然未必尽确，但他对屈原流放行踪的认识比之前人可以说是大有进展了。总括起来看，如果说林云铭的主要成就在于把“疏”和“放”区别开来，并把屈原之“疏”分为两个层次的话，则蒋骥的主要成就乃在于把屈原之“放”分为三个阶段（郢都至陵阳，陵阳至溆浦，溆浦至汨罗），并根据材料和推理指明了三个阶段中所经的路线与所至的地点。

对于林、蒋二氏所作的结论，虽然现在仍有各种不同的看法，但多数研究者还是大致肯定他们所描述的屈原被疏与放逐的情况。下面拟以林、蒋之说为基础，对一些具体问题略作论述与辩证。

先说屈原第一次被斥离郢、谪居汉北是在什么时候。

先说屈原第一次被斥离郢、谪居汉北是在什么时候。关于这个问题，并无直接的史料可资说明，所以旧说莫衷一是；现在所能做的也无非是根据间接材料来作进一步的推测。与这个问题或多或少有关系的材料是：

楚怀王十一年（公元前318年）：为纵约长，帅六国之师伐秦（《史记·楚世家》）。

楚怀王十六年（公元前313年）：秦惠王派张仪至楚，拆散齐楚联盟（《史记·楚世家》）。又刘向《新序·节士》篇叙及张仪使楚事说："秦欲吞灭诸侯，并兼天下；屈原为楚东使于齐，以结强党。秦国患之，使张仪货楚贵臣上官大夫靳尚之属，上及令尹子兰、司马子椒，内赂夫人郑袖，共谮屈原，屈原遂放于外。"

楚怀王十七年（公元前312年）：楚因前年受张仪欺骗，与齐断交却没有得到秦所许诺的商於之地六百里，所以在这一年春出兵攻秦，先败于丹阳，失汉中之地；再败于蓝田（《史记·楚世家》）。又据《新序·节士》篇，屈原当于此年使齐，以谋复交。

楚怀王十八年（公元前311年）：秦谋求复与楚和，并愿归还楚汉中之地。怀王却说不愿得地，愿得张仪。张仪再次至楚，串通靳尚、郑袖，结果怀王仍把张仪释放（事见《史记·楚世家》、《屈原列传》、《张仪列传》）。又《屈原列传》说："是时屈平既疏，不复在位；使于齐，顾反，谏怀王曰：'何不杀张仪？'怀王悔，追张仪，不及。"《楚世家》也说："屈原使从齐来，谏王曰：'何不诛张仪？'"

在以上材料中，只有刘向《新序·节士》篇说屈原是在张仪使楚那一年被放逐的（他遭到了张仪、上官大夫、子兰、郑袖等人的内外夹击）。在过去的注家中，洪兴祖、朱熹都采用此说。但张仪欺楚是在怀王十六年，而《新序》在讲楚王受骗之后，又派屈原出使齐国，事在怀王十七年。所以《新序》的记述有自相矛盾之处（因为放逐就不可能很快返回并受命出使）。但《新序》说屈原出使齐国却是可信的，因为这一记述与《史记·屈原列传》和《楚世家》一致。《屈原列传》和《楚世家》记屈原使齐，回来又谏怀王何不杀张仪，是在怀王十八年（或十九年，因《楚世家》标年不清，十八年以后就是二十年，所以十八、十九不易确定）。屈原在十七年出使，十八年（或十九年）回国，两者应合，比较可信。因此《新序》所说的屈原在张仪欺楚时（即怀王十六年）就已被放逐，只是汉人对屈原生平的了解有模糊性的一种表现（参阅前一章第四节）。

《新序》说屈原出使齐国却是可信的，因为这一记述与《史记·屈原列传》和《楚世家》一致。

总之，怀王十七年、十八年（或十九年）有互相关联的记事，是一个可靠的基点，说明怀王十八年是屈原谪居汉北的上限（即谪居汉北不会早于此年）。

那么下限又是哪一年呢？这也可以找到一个基点，就是楚怀王三十年（公元前299年）。这一年秦昭王约楚怀王会于武关，屈原谏王勿行，说"秦虎狼之国，不可信，不如无行"。但怀王稚子子兰却劝王赴会，说"奈何绝秦欢"。于是怀王终于入秦而遭劫持，最后死在秦国（事见《史记·屈原列传》）。可见在怀王三十年屈原已经还朝了，这就是屈原谪居汉北的下限。考虑到屈原的往返都要经历漫长的路程，所以居于汉北必在怀王十九年至二十九年之间（公元前310—300年，屈原43岁至53岁之间）。

那么下限又是哪一年呢？

这里有必要说明一点。屈原谏怀王不要到武关赴会一事，据《史记·楚世家》所记，谏劝的人乃是昭睢。因此有的人便认为《屈原列传》不足为凭。但《屈原列传》中的那条记事实际上并不是孤立的，而是以后一串事变中的一个环节。因为当时在武关赴会这个问题上，屈原的意见与子兰针锋相对。后来怀王入秦被扣留并死在秦国，子兰不仅没受到惩罚，反而当了令尹（首相）；他不但不

>>>

司马迁的《史记·屈原列传》肯定了屈原的生平事迹，也指明了他的更多作品，图为司马迁像。

检查自己的罪责，反而更加仇恨当时提了正确建议的屈原；所以当他听说屈原和广大楚国人都对他不满时，他就成为使屈原永远流放在江南的主谋。《屈原列传》中这些记事是互相关联的。而且屈原的辞作也既写他曾居于汉北，又写他流放江南，这中间必有一个转变的环节。所以《屈原列传》记怀王三十年屈原在朝并谏怀王勿赴武关，应当是可信的。怀王武关之行是一件大事，参与讨论的不会限于一两个人；昭雎也是抗秦派，可能也曾劝怀王勿往武关，所以司马迁在《屈原列传》和《楚世家》的记事上采用了互见之法。

《屈原列传》中这些记事是互相关联的。

以上所讲的上下限都有明确的、互相关联的史料为根据，似无可疑。但是这个上下限之间的时距比较大，能不能紧缩一些，把屈原出居汉北的时间说得更切近一点呢？这就需要结合一定的推测。游国恩先生说屈原初放汉北是在怀王二十四五年间，四五年后被召回。这主要是从楚国外交形势的变化来推测的。屈原是联齐抗秦派的主力，从怀王十八年到二十四年，齐楚邦交不断，所以屈原不会被放。至怀王二十四年亲秦妥协派又占上风，秦楚结亲，并于二十五年盟于黄棘，这时屈原才可能放至汉北。这个说法是可以参考的。但另外还可以做些补充。

这个说法是可以参考的。

关于屈原曾出居汉北的主要根据是《九章·抽思》，《抽思》中说：“有鸟自南兮，来集汉北。好姱佳丽兮，牉独处此异域。”这是屈原居于汉北的确证。另外《抽思》在头一段中说到“悲秋风之动容兮，何回极之浮浮”，而在后文“倡”词中则又说：“望孟夏之短夜兮，何晦明之若岁。”全篇的内容本在抒情中穿插回忆，而从“秋风”与“孟夏”二句来看，则屈原在撰写本篇时，至少已在汉北跨过一个年头（前后涉及二年），而篇中还丝毫没有还朝的迹象；而且这种种因素再加上屈原从出发到还朝在路上所经的时间,算在一起无论如何不能少于三年。

还朝以后也未必立即碰上楚怀王要赴会武关之事。这种种因素再加上屈原从出发到还朝在路上所经的时间,算在一起无论如何不能少于三年。因此,从前面所说的下限往上推算,可知屈原离开郢都的时间不可能晚于楚怀王二十七年(公元前302年,屈原五十一岁)。另外还有可以参考的材料,如《楚辞·卜居》说:"屈原既放三年,不得复见……往见太卜郑詹尹。"又东方朔《七谏》两次说到"三年":"隐三年而无决兮,岁忽忽其若颓","念三年之积思兮,愿一见而陈词。"这几条材料中所说的"三年"都只能是指屈原在怀王朝被疏斥而言;因为到了顷襄王朝,屈原被放逐有九年之久,而且是作为罪犯一去不返。既谈不上什么"卜居",也不再有"一见陈词"之类的奢望。只有在写作《抽思》时还存有"结微情以陈词兮,矫以遗夫美人"的意愿。所以"三年"这个词是值得注意的。如果这种推测不为无理,那么从楚怀王二十九年往上逆推三年,则为楚怀王二十七年或二十六年(因为有实际时距与涉及年头两种算法)。

屈原在这一次离郢出居的过程中,除了写作《抽思》以外,还写过什么辞作呢?

屈原在这一次离郢出居的过程中,除了写作《抽思》以外,还写过什么辞作呢?黄文焕、林云铭、蒋骥都认为《思美人》也是出居汉北时所作,这个说法是有道理的。所谓"思美人",就是思念楚怀王;但是"媒绝路阻兮,言不可结而诒"。开头一段反复表述的就是想再次得到怀王的了解与信任,却找不到有效的方法。接下来一段强调自己的节操、志向都是不可改变的,但这已经屡遭挫折,"车既覆而马颠",所以只能"蹇独怀此异路",意味着离开朝廷,远往他乡。但作者仍然思念郢都,还盼着情况或有转机,所以尽管他说"勒骐骥而更驾兮,造父为我操之",实际上却并不急于驱驰,"迁逡次而勿驱兮,聊假日以须时"。接着说:

开春发岁兮，白日出之悠悠；

吾将荡志而愉乐兮，遵江夏以娱忧。

这四句是了解《思美人》篇的创作时地的关键。屈原此次离开郢都，最终要到汉北，当然必须溯汉水而北上。但从郢都进入汉水，却先要沿夏水走一大段路。夏水在今湖北省境内，出于长江，由郢都（在今湖北江陵）向着东南方流至监利，再向东北流至沔阳附近汇入汉水（这是古代夏水的流向，今已改道）。所以，屈原从郢都出发而要进入汉水，必须先沿着夏水向东南行去；而从郢都到监利一段，夏水又大致与长江平行，而且是靠得很近的，所以这里江、夏并提（"遵江夏以娱忧"），因为沿着夏水也就是沿着长江。又本篇中间说"吾且儃佪以娱忧兮，观南人之变态"，又在篇末说"独茕茕而南行兮，思彭咸之故也"，有的人感到不理解，说既然屈原要往汉北，汉北是在郢都之北，怎么能观"南人"、说"南行"呢？其实就因为屈原先要进入汉水，才会到汉北，而从郢都到汉水却先要沿着江、夏向东南（主要是南），到了监利才转向东北（主要是北）。总起来说，《思美人》这一篇，乃是作于屈原从郢都到汉北的前一段路上（也就是从郢都到监利这一段路上）。从所叙的内容上看，本篇作于道路行旅之间是极为明显的；篇中在"遵江夏"二二句之后说，"揽大薄之芳茝兮，搴长洲之宿莽"，也就是写行经长江、夏水流域的情况。另外，"开春发岁"二句，可证屈原离开郢都是在楚怀王二十七年（或二十六年）的岁初，到达汉北是在秋天，所以《抽思》在开头的追叙中说"悲秋风之动容兮"；但《抽思》是作于第二年的初夏（"望孟夏之短夜兮……"）其时屈原居于汉北已

这四句是了解《思美人》篇的创作时地的关键。

《思美人》这一篇，乃是作于屈原从郢都到汉北的前一段路上。

这里还要着重指出《离骚》、《思美人》和《抽思》三篇在情绪变化上的连贯性与逻辑性。

近一年。这些在时序上都是密切相应的。另外，这里还要着重指出《离骚》、《思美人》和《抽思》三篇在情绪变化上的连贯性与逻辑性。《离骚》是屈原离郢前的最后一篇辞作（说详下章第一节），当时他已被疏多年，受尽挫折，极端孤立，于是很想离开郢都这个政治风云变幻莫测的险恶之地，所以《离骚》的篇末说“国无人莫我知兮，又何怀乎故都？既莫足与为美政兮，吾将从彭咸之所居！”（彭咸当是一个品行高洁而又超脱现实的人物，说详下章最后一节。）于是终于走上了去往汉北之路，在路上写了《思美人》；所以《思美人》最后说“独茕茕而南行兮，思彭咸之故也”，他真正走上了“彭咸之路”，与《离骚》篇末所表述的选择是紧密连接的。至于此时的情绪，固然由于久受屈辱而以忧怨为主，但也未尝没有因刚刚脱离险恶的政治漩涡而产生的轻松之感，所以篇中先则曰：“吾将荡志而愉乐兮，遵江夏以娱忧”；再则曰：“吾且儃佪以娱忧兮，观南人之变态；窃快在中心兮，扬厥凭而不俟”，都大有一舒胸中郁闷的意味。但是当他果真到了汉北，并且住了将近一年之后，他却越想越感到怨愤，越来越思念郢都，这种心情在《抽思》中表现得极为深刻而感人：“望孟夏之短夜兮，何晦明之若岁！唯郢路之辽远兮，魂一夕而九逝！曾不知路之曲直兮，南指月与列星；愿往逝而未得兮，魂识路之营营。”他甚至“狂顾南行，聊以娱心”，这个“南行”就指的是返郢之路了。他的这种急躁焦虑的心情是在《离骚》、《思美人》中都没有出现过的，然而却正是处境变化引起心情变化的必然结果。他没有离开郢都时，老说想要离开；等到真正离开后，却又十分思念，急于返回。当然，屈原在写《抽思》时，事实上还不能返回郢都，但毕竟存在着某些返回的可能性，所以他才这样急切地盼想，而后来他还果然被召回了郢都。相比之下，屈原在顷襄王朝流放江南时，便丝毫也不存在被召回的可能性，因此屈原在《哀郢》、《涉江》等篇中就再也不对应召还朝抱有任何希望了。纵观屈原的全部辞作，他的思想感情发展的层次性是极为分明的，这也是识别屈原前后各个时期作品的一个相当鲜明的标志。《思美人》是屈原在怀王朝被疏时期的作品系列中的一个有机环节，它为屈原所作是无可怀疑的。

《思美人》是屈原在怀王朝被疏时期的作品系列中的一个有机环节，它为屈原所作是无可怀疑的。

以上所说是屈原在楚怀王朝斥居汉北的情况，下面再说屈原在顷襄王朝被放逐于江南的情况。

《史记·屈原列传》说，楚怀王死于秦国，“长子顷襄王立，以其弟子兰为令尹。楚人既咎子兰，以劝怀王入秦而不反也。屈平既嫉之……令尹子兰闻之大怒，卒使上官大夫短屈原于顷襄王，顷襄王怒而迁之”。最后又说屈原“自投汨罗以死”。刘向《新序·节士》说，怀王“客死于秦，为天下笑。怀王子顷襄王亦知群臣谄误怀王，不察其罪，反听群谗之口，复放屈原。屈原……遂自投湘水汨罗之中而死”。班固《离骚赞序》说，怀王“西朝于秦，秦人拘之，客死不还。至于襄王，复用谗言，逐屈原在野……不忍浊世，自投汨罗”。王逸《离骚序》说，怀王“客死于秦，其子襄王复用谗言，迁屈原于江南……遂赴汨渊自沉而死”。这些材料，内容都是一致的，说明了三点：一是屈原在顷襄王朝被放逐。二是这次放逐与怀王入秦不返有关；本来，劝怀王不要入秦的是屈原，有罪的是子兰，然而子兰反而谗害屈原，使之放逐。三是屈原这次放逐一去不返，最后自投汨罗而死。

这些材料，内容都是一致的，说明了三点。

这些材料是屈原在顷襄王朝被放的确证，但却并未具体说明这次放逐的历程与时间。要解决这两个问题，只能借助于对屈原辞作的探索，而其中关键的一篇就是《九章·哀郢》。在《哀郢》中，

要解决这两个问题，只能借助于对屈原辞作的探索，而其中关键的一篇就是《九章·哀郢》。

作者对流放的历程有所追述，现在先摘录有关的辞句，再做解释。

(一) 去故乡而就远兮，遵江夏以流亡。

出国门而轸怀兮，甲之朝吾以行。

(二) 将运舟而下浮兮，上洞庭而下江。

去终古之所居兮，今逍遥而来东。

(三) 背夏浦而西思兮，哀故都之日远。

(四) 当陵阳之焉至兮，淼南渡之焉如。

(一) 这四句说明屈原从郢都出发，沿着长江、夏水流亡。古代夏水出于楚国郢都(今湖北江陵)附近的长江，向东南流至今湖北监利，再向东北流至沔阳附近入于汉水。在郢都至监利一段，夏水的流向大致与长江平行，所以这里说“遵江夏以流亡”，即在流亡中既循长江、又循夏水而行。又按屈原此次流放所经的这一段路程(由郢都至监利)有一大部分与上次斥居汉北时所走的前一段路程方向相同，所以《思美人》说“遵江夏以娱忧”，此处说“遵江夏以流亡”，二者都是既沿长江、又沿夏水向东南行。但以后的路就不一样了，因为上次是往汉北，要沿古夏水向北，在沔阳附近进入汉水；此次则一直循长江而向东南。后人不察这一区别，因《思美人》“遵江夏”句而认为该篇作于《哀郢》前后，或竟把斥居汉北与流放江南混为一谈，这都是错误的。

(二) 从“上洞庭而下江”句可知屈原循长江东南行，曾路过洞庭湖与长江的汇合之处（在今湖南岳阳附近），而还要继续流亡。此时对屈原来说，留在身后的洞庭是来路所经，也即上游；而前方的长江则是去路所往，也即下游。所以说“上洞庭而下江”。

（三）“夏浦”即夏口。古夏水在沔阳附近与汉水汇合后，即向东流至汉口（今属湖北省武汉市）而入于长江，所以夏口亦即汉口。“背夏浦而西思”句，说明屈原在流放途中已到了今武汉市附近。

（四）“陵阳”，是屈原这次流放的终点，大概即今安徽省南部青阳县以南的陵阳镇，其地在长江以南，青弋江之北。

以上解释除个别几点外，大致与清人蒋骥在《山带阁注楚辞》中所作的考述相同；蒋氏的说法也为近现代多数研究者所认同。但在近现代的《楚辞》研究中也有一些不同的说法，须略做辨析。

一种说法是屈原放逐仅至汉北，时间则在顷襄王朝；只因秦兵深入，他才逃亡到郢都，郢都被据，他又被赶到江南。这个说法是显然不确的。屈原斥居汉北是在楚怀王朝，在这过程中所写的《思美人》和《抽思》，其思想、愿望和情绪都与后来在顷襄王朝被放后所作之辞很不相同；《思美人》、《抽思》都在怨愤中表现了强烈的还朝愿望，而渴望还朝显然是为了重新有所作为，改变楚国的政局。到了顷襄王朝被放后所作的《哀郢》、《涉江》、《怀沙》、《惜往日》等篇中，屈原无论对个人的还朝与楚国的政局都已不抱任何希望。这不仅说明斥居与放逐是两种不同的境遇，而且也说明屈原对怀王和顷襄王这两个君主是有很不相同的看法与态度的。另外，《哀郢》写屈原到了江南至为明显，而篇中一则曰“忽若不信兮，至今九年而不复”，再则曰“信非吾罪而弃逐兮，何日夜而忘之”，可见他久羁江南乃是因为放逐而不得复还。那么，怎能说只有汉北才是放逐之地呢？

一种说法是屈原放逐仅至汉北，时间则在顷襄王朝；只因秦兵深入，他才逃亡到郢都，郢都被据，他又被赶到江南。

又一种说法主要是助证清代王夫之说，认为屈原放逐只是西迁沅湘，而并无东迁之事；《哀郢》中所说的东迁是指楚王朝因被秦将白起攻破而东迁于陈，并不是写屈原个人被放。这个说法也又一种说法主要是助证清代王夫之说，认为屈原放逐只是西迁沅湘，而并无东迁之事；《哀郢》中所说的东迁是指楚王朝因被秦将白起攻破而东迁于陈，并不是写屈原个人被放。

是可以商榷的。《哀郢》在前文明说“去故乡而就远兮，遵江夏以流亡。出国门而轸怀兮，甲之朝吾以行”，可见是屈原在追述他个人离郢出行。再从后文所述的经历之地来看，即使“陵阳”一词是不是地名尚有争议，至少篇中确凿无疑地提到了“夏浦”：而关于行经“夏浦”这一段，屈原是这样说的：“羌灵魂之欲归兮，何须臾而忘反。背夏浦而西思兮，哀故都之日远。登大坟以远望兮，聊以舒吾忧心。”这里所写的显然是屈原个人的行止与心情；而他既“遵江夏以流亡”，且又到了“夏浦”（汉口），这不是东迁又是什么呢？另外，持“西迁”说的研究者还因为屈原辞中较多提到沅湘而认为屈原流放一直是在沅湘地区（按沅湘主要是在郢都之南，沅水是南偏西，湘水则南偏东；王夫之笼统称为西迁，未免不确）；这一观念实际始于汉人，如在王逸心目中，即以沅湘为屈原的主要流放地，而其原因大约也是由于屈原辞中较多提到沅湘。当然，沅湘地区是屈原确曾去过的，但不能根据屈原辞中说到沅湘的次数来肯定他久放于此。因为屈原在一些辞中之所以说及沅湘是需要具体分析的。例如《离骚》中说“济沅湘以南征兮，就重华而陈词”，这是因为想象要向虞舜（重华）投诉，所以说到沅湘（传说虞舜葬在九疑山，在沅水、湘水之南，所以想“就重华而陈词”便要“济沅湘”而前往）。但此时屈原尚未斥居汉北，更未远放江南，说到沅湘纯为想象之词，与后来的放逐之地毫无关系。又如《九歌》中说及沅湘，那是因为描写湘君、湘夫人，他俩的活动范围当然离不开沅湘与洞庭；这与屈原本人的经历也毫无关系（按《九歌》也不作于沅湘地区，说详第四章）。至于《涉江》、《怀沙》中所说的沅湘，则确为屈原所经之地，但并不意味着屈原曾在这个地区长久居留。这在下文还将说及。

再一种说法认为屈原流放不大可能远至安徽陵阳，陵阳并不是一个地名。《哀郢》在前半篇中曾说“凌阳侯之泛滥兮，忽翱翔之焉薄”，王逸注：“凌，乘也。阳侯，大波之神。”洪兴祖补注引《淮南子》注：“阳侯，陵阳国侯也。”因此有人认为下文的“陵阳”也是指“陵阳国侯”，即波涛之神，代指波涛，不是地名。还有人因为《哀郢》说到“夏浦”、《涉江》说到“鄂渚”而肯定屈原向东流放止于今武汉地区。这些说法都是可以参考的。但从词义来看，说“陵阳”即指“陵阳侯”，似乎有点牵强；若要说波神，为何不径依上文之例而称“阳侯”？又在原文“当陵阳之焉至兮”句中，若以“陵阳”为波神而代波涛，也似不成文义。且屈原循水路流放，所遇波涛可谓多矣，何以至此方有“焉至”之叹？（“焉至”意为往哪里去，与下句“淼南渡之焉如”相应。）所以，以陵阳为地名，即屈原向东流放的终点，还是比较可通的。

再一种说法认为屈原流放不大可能远至安徽陵阳，陵阳并不是一个地名。

综上所说，《哀郢》中所追述的屈原流放的历程之一，大致是相当清楚的。虽然有人认为放得远一点，有人认为放得近一点，关系并不很大。相比之下，要从《哀郢》来看屈原流放的时间，那困难与分歧就大得多了。事情竟可以这样说：根据现有的资料，要想完全解决《哀郢》的写作背景和屈原的流放时间问题，作出人们都同意的结论，是不可能的。但是除了《哀郢》之外，又别无其他资料可以较为具体地说明屈原在顷襄王朝被流放的情况，这些情况还关系到屈原卒年的推定。为了不使屈原生平的考述留下一大空白，所以笔者只能勉尽心意；从前人的研究中找出比较合理的说法，并略作辨析，以供读者参考。下面拟分四个问题来说。

综上所说，《哀郢》中所追述的屈原流放的历程之一，大致是相当清楚的。

（一）《哀郢》与顷襄迁陈的关系

清代王夫之在《楚辞通释》中说，《哀郢》是写“顷襄畏秦，弃故都而迁于陈”。按《史记·楚世家》，顷襄王二十一年（公元前278年），秦将白起攻拔郢都，“烧先王墓夷陵，楚襄王兵散，遂不复战，东北保于陈城。”所谓顷襄迁陈，即指此事。把《哀郢》与迁陈之事联系起来，近人大都认为是王夫之的发明，但实际情况并非如此。宋代朱熹的《楚辞集注》，在关于《哀郢》“曾不知夏之为丘兮，孰两东门之可芜”二句的注释中，已经提到：“怀王二十一年，秦遂拔郢，而楚徙陈，不知在此后几年也。”这里所谓的“怀王”，乃是襄王之误；因为楚怀王二十一年并无秦拔郢都之事。朱熹误记迁陈为怀王时事，又加了一句含义不明的话“不知在此后几年也”，所以他的注释是模糊而不确的；但他已经意识到“曾不知夏之为丘”二句是与秦兵破郢、楚都迁陈有某种联系的。后来，明代汪瑗在其《楚辞集解》中即明确指出，《哀郢》的创作背景是“顷襄王之二十一年，（秦）又攻楚而拔之，遂取郢；更东至竟陵以为南郡，烧墓夷陵。襄王兵散败走，遂不复战，东北退保于陈城。”汪瑗的《楚辞集解》在清代前期是很有影响的一部书，王夫之在《楚辞通释》中袭用其说而略作变更者即非止一处。只因后来纂修《四库全书》时，《楚辞集解》被四库馆臣一笔抹杀，入了另册，才逐渐不为人所注意，几濒于失传。近人难以见到《楚辞集解》，所以不知最早把《哀郢》与顷襄迁陈联系起来的乃是汪瑗。只不过汪瑗又说“秦又赦楚罪人而迁之东方，屈原亦在罪人赦迁之中”等等，此则为王夫之所未取而已。

把《哀郢》与迁陈之事联系起来，近人大都认为是王夫之的发明，但实际情况并非如此。

那么，《哀郢》与白起破郢、顷襄迁陈究竟有没有联系呢？应该指出，这个问题在一无旁证的情况下是无法确说的。不过，《哀郢》

《哀郢》与白起破郢、顷襄迁陈究竟有没有联系呢？

一开始就写："皇天之不纯命兮，何百姓之震愆。民离散而相失兮，方仲春而东迁。"这显然是写一场大灾难中人民播迁流离的情景。后面又说："曾不知夏之为丘兮，孰两东门之可芜。"楚国宫室竟成了荒丘废墟，人来人往的东关二门也变得野草丛生，这更可见必定是发生了极为重大的事故，才会使楚国的政治文化中心落到这种境地。再则，本篇题为《哀郢》，也必然是郢都遭了巨大的劫难，才需要为之哀悼。然而，纵观顷襄王即位以后的历史，除了这一次白起破郢、烧墓夷陵之外，实在没有其他事情能使郢都变得如此可悲。所以，说《哀郢》的写作背景是秦兵拔郢、顷襄迁陈，还是有较大可能的。

（二）屈原本人在什么时间、什么情况下写作《哀郢》

先说屈原的情况。汪瑗认为"秦又赦楚罪人而迁之东方，屈原亦在罪人赦迁之中"，这个说法没有什么根据，也不合情理，可置不论。需要着重辨析的是王夫之说。他认为《哀郢》写的就是楚王朝迁于陈城，并断言："旧说谓东迁为（屈）原迁逐者，谬。原迁沅湘，乃西迁，何云东迁？"他又说："顷襄迁原于江南，其迁都于陈，原不与同迁。寻绎此篇前后之旨，盖原虽不用，然犹可与闻国政；东迁之役，原所不欲，谗人必以沮国大计为原罪而谮之，故重见窜逐。"（均见《楚辞通释》）按照这些说法，屈原是直到顷襄王二十一年尚在朝中的，虽不被任用，却"犹可与闻国政"；只是因为他不同意王朝东迁陈城，所以他个人才被西迁沅湘。这个说法完全不符合《史记·屈原列传》所记，即屈原早已因为怨恨子兰劝怀王入秦不返而遭到放逐，岂有至顷襄王二十一年而尚在朝廷并可与闻国政之理？再从《史记·楚世家》的记事来看，顷襄王二十一年，秦

先说屈原的情况。

将白起攻拔郢都,"楚襄王兵散,遂不复战,东北保于陈城",可见根本不存在什么事先商议迁都的问题,而是白起兵临城下,楚军溃散,不可复战,楚王朝君臣才逃往陈城的。因此王夫之说屈原因反对迁都而遭弃逐云云,乃是纯出于想当然。他又不顾《哀郢》全篇大部分是写屈原个人的行止与心情(篇中反映整个王朝东迁的仅仅是开头四句)。所以他的读法和解释是难以令人苟同的。从通篇的内容来看,只有把白起破郢、顷襄迁陈视为《哀郢》的创作背景,把篇中直接抒写的主要内容视为屈原因有感于故都的破灭而触发了个人对离郢久放的追思,这才比较符合《哀郢》全篇的实际情况。

因此王夫之说屈原因反对迁都而遭弃逐云云,乃是纯出于想当然。

《哀郢》的创作背景虽然可以初步确定为白起破郢与顷襄迁陈,但这篇辞作究竟作于什么时候,前人的说法却还有分歧。汪瑗《楚辞集解》说秦迁楚之罪人于东方,屈原亦在其中,他"悲故都之云亡,伤主上之败辱,而感已去终古之所居,遭谗妒之永废,此《哀郢》之所由作也"(《楚辞集解·哀郢》解题)。这说明汪瑗认为《哀郢》即作于顷襄王二十一年(公元前278年)。王夫之虽认为《哀郢》直接是写顷襄迁陈的情况,但他在注释篇中的"至今九年而不复"一句时,却这样说:"当始迁时,且谓秦难稍平,仍复归郢,至作此赋之时,九年不复,终不可复矣。赋作于九年之后,则前云仲春、甲之朝者,皆追忆始迁而言之。"这说明王夫之认为《哀郢》的创作是在楚都迁陈以后九年,即顷襄王三十年(公元前269年)。这个说法很难认为是可信的。因为根据前文已作的几次论证。屈原的生年只有采用胡念贻说,定为楚宣王十七年(公元前353年),他前半生的经历才能说得通;而从楚宣王十七年下推至顷襄王三十年,则屈原作《哀郢》时已有八十四岁,这是不大可能的。纵观屈原的全

《哀郢》的创作背景虽然可以初步确定为白起破郢与顷襄迁陈,但这篇辞作究竟作于什么时候,前人的说法却还有分歧。

部作品，没有迹象表明他活得那么久长；而且他在作了《哀郢》之后，还要经历漫长的流放途程，这对一个八十四岁的老人来说，也是难以想象的。

近人郭沫若先生说："《哀郢》的一篇，应该从王船山说，是襄王二十一年楚为秦兵所败，郢都为秦白起所据，'东北保于陈城'时做的。"郭氏并定顷襄王二十一年（公元前278年）为屈原的卒年（均见《屈原研究》）。但这说法实是由于未曾细读王船山（王夫之）的书而产生的误解。因为王氏固然认为《哀郢》是写顷襄迁陈的，但他明明指出篇中所写是对迁陈的"追忆"，其实际创作时间要比迁陈晚九年。所以，不能把"《哀郢》作于顷襄王二十一年"视为"王船山说"。不过，郭氏虽有误解，但那个实际是由他自己作出的"《哀郢》作于顷襄王二十一年"的结论却是有道理的（当然，这并非郭氏首创，因为已有汪瑗在前）。

游国恩先生说："《哀郢》必作于顷襄王二十一年（公元前278年）。据《史记·楚世家》，这年秦将白起破郢都，楚顷襄王兵散，退保于陈城。《哀郢》不但有久放之感，而且有破国之忧，故文词特别凄怆。"（《楚辞论文集·屈原作品介绍》）在把《哀郢》与白起破郢、顷襄迁陈联系起来这一点上，游先生对王夫之说是有所继承的；但他们之间却有两个大的分歧：第一，王夫之认为《哀郢》主要是写顷襄迁陈这件事情，游先生则认为顷襄迁陈只是屈原写作《哀郢》的动因，篇中所写的主要是屈原追忆他个人流放于陵阳的经历。所以他说："《哀郢》者，屈子再放九年，于道路之间，闻秦人入郢之所作也。"又说："细玩此文，必屈子于放时闻秦兵入郢之耗而为此辞也……呜呼！故都城阙，草莱荒芜，屈子既闻其事矣；此其所以于追叙再放之余，痛数党人蔽贤误国之罪，而命之曰《哀

纵观屈原的全部作品，没有迹象表明他活得那么久长；而且他在作了《哀郢》之后，还要经历漫长的流放途程，这对一个八十四岁的老人来说，也是难以想象的。

他们之间却有两个大的分歧。

郢》也欤?"同时他还对王夫之的顷襄迁陈说作了详尽而有力的反驳(均见《楚辞论文集·哀郢辩惑》)。第二,根据《哀郢》篇中"忽若不信兮,至今九年而不复"二句,王夫之认为《哀郢》作于顷襄迁陈以后九年,即顷襄王三十年;游先生则认为"九年"是指屈原本人"再放"以后的九年(按游先生认为屈原在怀、襄二朝先后曾被放两次,其第二次放逐是在顷襄王十三年),其时正当顷襄王二十一年,因闻白起破郢、楚都迁陈而作。

这主要因为在游先生的说法中仍留有两个疑点。

对照从古至今的各种说法来看,笔者仍认为游国恩先生的说法是比较近于事理的,因而也是比较可信的。那么,在前文中为什么要强调"根据现有的资料,要想完全解决《哀郢》的写作背景和屈原的流放时间问题,是不可能的"呢?这主要因为在游先生的说法中仍留有两个疑点:第一,游先生认为屈原的"再放"始于顷襄王十三年(最早提出"十三年"这个说法的是汪瑗),这似乎与《史记·屈原列传》所说的情况不大相符。传中记述屈原被放是与怀王入秦不返相联系的;因为屈原与楚人恨子兰劝怀王入秦,所以子兰使上官大夫进谗,导致屈原被"迁"。从这记事上看,屈原之放应在顷襄王初年,怎么会迟至十三年呢?这是一个难以解决的问题。第二,关于《哀郢》的开头四句("皇天之不纯命兮,何百姓之震愆。民离散而相失兮,方仲春而东迁"),游先生是这样说的:"民散相失,乃屈原自指,非泛指楚之人民也。东迁者,即《惜往日》'迁臣'之谓,亦即《史记》本传'顷襄王怒而迁之'之谓,非东迁于陈之谓也。"(《楚辞论文集·哀郢辩惑》)这个说法如果完全准确,则《哀郢》全篇即可通读而无疑碍。但是,细读"皇天"以下四句,总使人觉得不像是写屈原个人之事,而是有大批的楚国人因遭劫难而流离失散;而且如把这四句视为屈原个人经历的追忆,则全篇能与白起破郢联系起来的辞句就只剩下“曾不知夏之为丘兮，孰两东门之可芜”二句了，这样的联系未免太薄弱，难以确证《哀郢》与白起破郢的关系。可是，如果不用游先生的说法，而把“皇天”四句作为白起破郢、楚王朝仓皇东迁这一现实的背景描写来看，那就又与下文难以连接，因为在“皇天”四句之后，紧接着就是“去故乡而就远兮，遵江夏以流亡。出国门而轸怀兮，甲之朝吾以行……”这显然是写屈原个人的流放经历，而且是在追忆九年以前的情事。这不仅与前四句无法连接(所写的对象不同，时间上又有差别)，而且此时屈原既然久在陵阳，他又怎能像目睹似的描写王朝迁移、百姓离散的情况呢？为了解决这个难题，笔者曾在拙作《楚辞选注》中说：“皇天”以下四句，是屈原在流放中听说郢都被秦国攻破，因而想象百姓向东逃难的情况。从第五句“去故乡而就远兮”开始，才是屈原回忆自己多年前被流放的过程。这样解释的唯一理由就是完全以原文为准：原文说百姓震愆、民散相失，那就把它解释为民众的事情；原文说“甲之朝吾以行”，那就把它解释为屈原个人的事情。这样解释虽然解决了创作背景的描述与抒情正文之间的关系问题，但把前四句与第五句以下分为两截，总是于心未安，觉得不免牵强。直到现在，也未找出确切无疑的说法，只能将问题提出，以待读者指教。

这显然是写屈原个人的流放经历，而且是在追忆九年以前的情事。

以上几种说法，都是以《哀郢》与白起破郢、顷襄迁陈有联系为前提的。此外，从古至今还有一些说法，认为《哀郢》与顷襄迁陈根本无关，而是另有它事为其背景。这些说法也有其不尽可通之处或缺乏证据之嫌，兹不具述。

(三)《涉江》之路与屈原西迁

由于《哀郢》的问题没有完全解决,这就必然影响到此后的屈原事迹的考述。

由于《哀郢》的问题没有完全解决,这就必然影响到此后的屈原事迹的考述。现在姑仍前说,在把《哀郢》的创作暂定为顷襄王二十一年的前提下,略述以后之事。

清代蒋骥揭示了《涉江》与《哀郢》的联系,他说:"《涉江》、《哀郢》,皆顷襄时放于江南所作。然《哀郢》发郢而至陵阳,皆自西徂东;《涉江》从鄂渚入溆浦,乃自东北往西南,当在既放陵阳之后。"(《山带阁注楚辞·涉江》题解)《涉江》中写到与屈原行程有关的辞句有:

乘鄂渚而反顾兮("鄂渚"是洲名,在今湖北省武汉地区江中)。

朝发枉渚兮,夕宿辰阳("枉渚",在今湖南省常德县附近;"辰阳",故城在今湖南省辰溪县西,沅江北岸)。

入溆浦余儃佪兮(今湖南省有溆水,起于溆浦县东南顿家山,西北流入沅江。这里所说的"溆浦",当是溆水沿岸的一个地方)。

按《哀郢》中追述行程说到"夏浦",而《涉江》又说到"鄂渚";前者即汉口,后者近武昌,都在今武汉地区,这是地点上的一个重合。但《哀郢》与《涉江》所写的决不可能是同一条路线,因为前者经"夏浦"之后,还要东行直至陵阳;而后者登"鄂渚"之后,却折向西南,穿过洞庭湖,在常德附近入沅江,直至辰阳,又折向东南,止于溆浦。这是两条显然不同的路线,因此只能得出一个结论,即屈原先是由郢都向东流放,经武汉地区之后,又继续向东直至陵阳

（此即《哀郢》所示之路线）；他在陵阳待了九年之后，又大致循原路西还，重到武汉地区，然后穿洞庭、入沅江，而至于辰阳、溆浦（此即《涉江》所示之路线）。即使像有的研究者所说，《哀郢》所写的东迁并未远至陵阳，而仅止于武汉，那也至少要肯定屈原是在武汉地区待了九年之后，才走上《涉江》之路，向西南迁至辰阳、溆浦的。总之，《哀郢》、《涉江》是分别标示了屈原整个流放过程中的两次行程和两个阶段，这一点大致可以肯定。但还有两个问题仍有待解决：

第一，屈原在东迁的终点待了九年之后，究竟是什么原因使他又走上了西迁之路？蒋骥说："或者九年不复之后，复以陈辞撄怒，而再谪辰阳。"（《山带阁注楚辞·涉江》题解）这个说法不大可能符合事实。因为屈原东迁至陵阳后，其地离郢都何等遥远，既不明情况，又难通音讯，且是罪徒身份，请问如何再度"陈辞"？但除蒋说之外，诸家于此均少考证，所以屈原的西迁至今原因不明。

第一，屈原在东迁的终点待了九年之后，究竟是什么原因使他又走上了西迁之路？

第二，屈原西迁是在什么时候？蒋骥说："黄维章谓原死于顷襄十年，林西仲谓死于十一年，皆以《哀郢》有九年不复之言故耳。然岂必《哀郢》甫成，即投渊死哉。今考《哀郢》在陵阳已九年，其后又涉江入辰溆，又由辰溆东出龙阳，遇渔父，遂往长沙，作《怀沙》。其秋又有《悲回风》'任石何益'之言。后以五月五日毕命湘水，则在长沙亦非一载也。故约略其死当在顷襄王十三四年，或十五六年。"（《山带阁注楚辞·楚世家节略"顷襄王十六年"附说》）黄文焕（维章）、林云铭（西仲）和蒋骥都是认为屈原在顷襄王初年即遭放逐的，又因《哀郢》有"至今九年而不复"之语，故黄说屈原死于顷襄王十年，林氏则谓死于十一年；蒋氏因为考虑到屈原写了《哀郢》之后，还有《涉江》之路与《怀沙》之路两大行程要走，所以认为

第二，屈原西迁是在什么时候？

屈原死于顷襄王十三四年或十五六年。这一段话中虽未明确指出西迁(即走上《涉江》之路)的时间,但已可看出他大致认为那是在顷襄王十一二年。黄氏、林氏、蒋氏都不认为屈原活到了顷襄王二十一年白起破郢之时,而我们既以《哀郢》反映白起破郢为了解屈原后期情况的一个基点(尽管仍有疑点),那就必须认为屈原西迁是在顷襄王二十一年,即写完《哀郢》之后不久就走上了《涉江》之路。

(四)最后的结局

屈原西迁到辰阳、溆浦之后,那里的情况如何?他本人的心情又是怎样呢?

屈原西迁到辰阳、溆浦之后,那里的情况如何?他本人的心情又是怎样呢? 这在《涉江》篇中是有所表述的:

> 入溆浦余儃佪兮,迷不知吾所如。深林杳以冥冥兮,猿狖之所居。山峻高以蔽日兮,下幽晦以多雨。霰雪纷其无垠兮,云霏霏而承宇。哀吾生之无乐兮,幽独处乎山中。吾不能变心而从俗兮,固将愁苦而终穷!

可见屈原所处的环境已是山穷水尽, 到了与世隔绝的地步;他本人当然仍是坚强的,但对境遇的改变实已不抱希望。在这种情况下,他本来是不可能再有大的迁移了。但事实上他却几乎立即就走上了《怀沙》之路,即重入沅江,横渡洞庭,至于湘江流域,最后走到长沙东北的汨罗江,投水自尽。那么,是什么原因促使他作了这最后的艰苦跋涉,并且非走不可呢?看来原因只能有一个,那就是顷襄王二十二年(公元前277年)秦兵攻陷了楚国的黔中郡(郡治故城在今湖南省沅陵县西),迫近了屈原的放地。他如在辰

那么,是什么原因促使他作了这最后的艰苦跋涉,并且非走不可呢?

阳、溆浦一带继续居留，难免要成为秦军的俘虏，所以不得不尽快逃离。这么说来，顷襄王二十二年就成为一个很值得注意的年份，它不但证明了《涉江》是在《哀郢》以后不久就写的（《哀郢》作于顷襄王二十一年，而在二十二年秦兵攻陷黔中郡之前，屈原已走完《涉江》之路，到了辰阳、溆浦地区）；而且还为了解屈原的卒年提供了重要的依据。

按《史记·楚世家》顷襄王二十一年及《秦本纪》昭襄王二十九年都记载了白起破郢之事，但都未说明是在什么季节。而《哀郢》开篇即说“民离散而相失兮，方仲春而东迁”，我们认为这是指《哀郢》的创作背景（即白起破郢）而言的，那么破郢的时间即在顷襄王二十一年的仲春二月（农历，下同）。又《涉江》中说“乘鄂渚而反顾兮，款秋冬之绪风”，可见屈原经过鄂渚时已是秋末冬初；而其到达辰阳、溆浦时则已是冬末或春初，所以他描述当地的景象时说：“霰雪纷其无垠兮，云霏霏而承宇。”如果是冬末，则必然仍属顷襄王二十一年；因为到了二十二年，屈原已因秦兵攻陷黔中郡而逃离溆浦，他就不可能在那里一直待到冬末了。

再看屈原在《怀沙》中说：“滔滔孟夏兮，草木莽莽。”又说：“浩浩沅湘，分流汩兮。”可见《怀沙》之作，时间是在孟夏四月，地点则大致是在由沅入湘之区。那么这个“孟夏”究竟属于哪一年呢？应该指出，倘若屈原在顷襄王二十一年的冬末（或二十二年的春初）写了《涉江》之后，秦兵立刻就攻陷黔中郡，那么屈原用了三个多月的时间由溆浦逃到湘江北端附近还是有可能的。但如果秦兵攻陷黔中郡的时间不在二十二年的春初，而是还要稍后一点，那么说屈原在同年的孟夏写作《怀沙》就不大可能了。因为他从溆浦出发，先要溯沅江向东北，在今湖南常德附近入洞庭，然后差不多横渡全湖，才会到达湘江北端地域，这一行程是相当远的。所以，《怀沙》所说的“孟夏”，也可能是在顷襄王二十三年。又，屈原在《怀沙》中说“舒忧娱哀兮，限之以大故”，又说“知死不可让，愿勿爱兮”，已表现了必死的决心。所以，他在四月写了《怀沙》而至五月初在汨罗江投水，是完全有可能的。临死前还可能写了《惜往日》，作为他的绝命之辞。

他在四月写了《怀沙》而至五月初在汨罗江投水，是完全有可能的。临死前还可能写了《惜往日》，作为他的绝命之辞。

民间相传，屈原投江是在五月五日，最早的文字记载则见于南朝梁宗懔的《荆楚岁时记》和吴均的《续齐谐记》；虽然不一定是信史，但民间传说未必无因，也是可以参考的。

综上所说，屈原的卒年可能是顷襄王二十二年（公元前277年），也可能是二十二年（公元前276年）。根据屈原生于楚宣王十七年（公元前353年）来推算，则他去世时的实足年龄为七十六岁或七十七岁。按《涉江》中说：“余幼好此奇服兮，年既老而不衰。”《礼记·曲礼上》“七十曰老而传”（“传” 指传家于下辈），《说文》“七十曰老”，《涉江》作于屈原七十五岁时，所以自称“既老”是很准确的。

最后，关于屈原的生卒年问题，还要补说两点：第一，屈原的生年如采用郭沫若或浦江清的说法（即公元前340年或339年），则至其创作《涉江》时（公元前278年）只有六十二岁或六十一岁，都不能称为“既老”。只有采用胡念贻说，定为公元前353年，才符合《涉江》之所述。第二，《史记·屈原列传》说：“自屈原沈汨罗后百有余年，汉有贾生为长沙王太傅，过湘水，投书以吊屈原。”按贾谊吊屈原是在汉文帝三年（公元前177年），因此若照王夫之的说法，屈原在顷襄王三十年（公元前269年）还作了《哀郢》，则即使写了《哀郢》之后立即投江，下距贾谊之吊也只有九十二年（事实上王夫之认为屈原在作《哀郢》之后，还写了《怀沙》与《惜往日》，那就连九十二年都不到了）；那么《史记》怎会说“屈原沈汨罗后百有余年”才有贾谊“投书以吊”之事呢？只有把屈原的卒年定在顷襄王二十二年或二十三年（公元前277年或276年），下距贾谊之吊才有一百年或九十九年，比较接近于《史记》的记载。

《史记》怎会说“屈原沈汨罗后百有余年”才有贾谊“投书以吊”之事呢？

第三章 《离骚》

《离骚》是屈原的代表作。这篇体制宏伟、富有深度的政治抒情长诗，不但是中国文学史上的名作，起了光照千古、衣被百代的作用；而且作为历史资料来看，它对于后人了解屈原的思想性格和斗争经历，以及楚国当时的政治现实，也都有重要的价值。

一 《离骚》的创作年代

《离骚》是屈原的代表作。这篇体制宏伟、富有深度的政治抒情长诗,不但是中国文学史上的名作,起了光照千古、衣被百代的作用;而且作为历史资料来看,它对于后人了解屈原的思想性格和斗争经历,以及楚国当时的政治现实,也都有重要的价值。因此,确定《离骚》的创作年代,历来是《楚辞》研究中一个重大的课题。下面试作三点考述:

确定《离骚》的创作年代,历来是《楚辞》研究中一个重大的课题。

(一) 汉人旧说分析

汉人旧说对于了解《离骚》的创作年代当然是重要的,但正如前面(第一章第四节)所说,汉人对屈原生平及其创作的说法,既是不可不信的,又是不可全信的;从宏观上说是可信的,但从微观上说却又不能句句当真。具体说到《离骚》的创作年代问题,情况也是如此。

从宏观上看,在汉人关于《离骚》创作年代的说法中,有一个

显然是放逐，所以才“无可奈何”，“不可以反”；倘若仅仅是“放浪”，那么想回去就尽可以回去了。把“放流”联系以下各句来看，可见郭氏的解释是不符合《屈原列传》本文之意的。

又有研究者指出《屈原列传》是一篇经过窜改的文章。持此说者不乏其人，而论证比较充分的要数汤炳正先生的《屈原列传新探》（见《文史》第一辑）。汤文的主要论点是认为《屈原列传》中窜入了淮南王刘安《离骚传》中的两段文字。关于《屈原列传》中含有刘安《离骚传》的话，这在班固《离骚序》中已经指出，那就是“国风好色而不淫”至“虽与日月争光可也”一段，后人认为这是司马迁引用了刘安之文。汤文的新见是认为司马迁根本没有见过刘安的《离骚传》，因此，《屈原列传》中的《离骚传》文字并非司马迁所引用，乃是后人窜入《史记》的；而且窜入不止一段，而是两段：第一段包括上引班固所说各句，但其前面还要多出几句，那就是从“离骚者，犹离忧也”起，至“虽与日月争光可也”止。第二段则从“虽放流，眷顾楚国”起，至“王之不明，岂足福哉”止。汤文这么一说，特别是把第二段的著作权归给了刘安，《史记·屈原列传》的矛盾的确是解决了；但《离骚》作于什么时期的问题却仍然没有解决。因为，《屈原列传》本身的记事虽然前后统一了，然而司马迁与刘安之间却发生了矛盾：前者认为《离骚》是屈原在怀王时代被疏后所作：后者则认为《离骚》是屈原放逐后所作，而且这放逐是一去不返的。那么究竟相信谁的说法呢？经过“清理”的《屈原列传》固然明确肯定了《离骚》作于怀王疏远屈原之后，但司马迁在《太史公自序》与《报任安书》中却还明明写着“屈原放逐，乃赋《离骚》”，这仍然是与《屈原列传》相矛盾的。

又有研究者指出《屈原列传》是一篇经过窜改的文章。

那么究竟相信谁的说法呢？

矛盾在其他人身上同样存在。例如班固在《离骚赞序》中明说

"(怀)王怒而疏屈原,屈原以忠信见疑,忧愁幽思而作《离骚》";可是在《汉书·地理志》中却说:"屈原被谗放逐,作《离骚》诸赋,以自伤悼。"在《汉书·贾谊传》中又说:"屈原,楚贤臣也,被谗放逐,作《离骚赋》。其终篇日:'已矣,国亡(无)人,莫我知也。'遂自投江而死。"这就更把《离骚》之作与屈原之死联系起来了。可是,从屈原在怀王朝被疏,到他在顷襄王朝投江,中间且有三十年左右的时间;而班固却在三篇著述中把屈原的疏、放、死都与《离骚》之作联系起来,可见其心中对《离骚》创作年代的认识模糊到什么程度!还有王逸,他在《离骚序》中先说:"王乃疏屈原,屈原……乃作《离骚经》。"紧接着却又说:"离,别也;骚,愁也;经,径也。言已放逐离别,中心愁思,犹依道径以风谏君也。"可见就在同一篇序中,而且是在紧密相连的文句中,王逸都已经对"疏"与"放"不加区别了;至于联系到注文来看,他的观念就表现得更加模糊了。

这就更把《离骚》之作与屈原之死联系起来了。

有的同志也许会说,"疏"与"放"只是一字之差,汉人于此或有模糊之处而未能分辨,但毕竟都已肯定《离骚》作于楚怀王朝;对"疏"、"放"之别斤斤计较,究竟与《离骚》的创作时间有什么关系?笔者的回答是:关于汉人一致认为《离骚》作于楚怀王朝,这在上文已给以充分的肯定;现在的问题是要进一步弄清楚《离骚》究竟作于楚怀王朝的什么时候,又是屈原在什么情况下作的,这就不能不对"疏"与"放"加以区别。因为"疏"不一定离开郢都,"放"则一定离开郢都;再则"疏"与"放"是两种不同的处境,必然分别表现出相应的想法与心情,这些都是了解《离骚》创作年代的重要依据。汉人因混淆"疏"与"放"而未能在这些方面提供多少有用的资料,因此只能再从《离骚》本文中去寻求线索。

因为"疏"不一定离开郢都,"放"则一定离开郢都;再则"疏"与"放"是两种不同的处境,必然分别表现出相应的想法与心情,这些都是了解《离骚》创作年代的重要依据。

(二)《离骚》本文分析

《离骚》本文并未提供足以确定这篇伟大辞作作于哪一年的资料,但仔细分析它的内容,还是可以对作者创作时的情况有较为具体的了解,这就很有助于弄清《离骚》的创作年代。下面试做几点分析:

第一,《离骚》的内容清楚表明,它是作者受到挫折以后所写;但又不是刚受一点挫折就写,而是经过较多的斗争、受了不少打击之后才写的。试看这样一些辞句:

第一,《离骚》的内容清楚表明,它是作者受到挫折以后所写;但又不是刚受一点挫折就写,而是经过较多的斗争、受了不少打击之后才写的。

> 忽奔走以先后兮,及前王之踵武。
> 荃不察余之中情兮,反信谗而齌怒。
> 余固知謇謇之为患兮,忍而不能舍也。
> 指九天以为正兮,夫唯灵修之故也。
> 初既与余成言兮,后悔遁而有他。
> 余既不难夫离别兮,伤灵修之数化。
> …………
> 长太息以掩涕兮,哀民生之多艰。
> 余虽(唯)好修姱以鞿羁兮,謇朝谇而夕替。
> 既替余以蕙纕兮,又申之以揽茝。
> 亦余心之所善兮,虽九死其犹未悔。
> 怨灵修之浩荡兮,终不察夫民心。
> …………
> 民生各有所乐兮,余独好修以为常。
> 虽体解吾犹未变兮,岂余心之可惩!

从这类句子中可以看出，显然不是一两次挫折就能锤炼出如此深沉的怨愤之情；而曰“数化”，曰“九死”，曰“终不察”，曰“以为常”，更可以使人想见其间包含着多少情事。《离骚》往往通过叙事成分来抒情，而其叙事成分又由于由浅入深、由单一至复杂而显示了一个矛盾发展的过程。作者对楚国反动统治集团作了那么多的暴露，而他本人又有那么多的关于出处进退的思想斗争，这只能理解为在许多问题上进行了反复的斗争，才会在诗的创作中凝结成如此丰富复杂的抒情内容。《史记·屈原列传》表明屈原是在他政治事业的顶点上遭谗被疏的，而《离骚》则表明他并非被疏之后立即写作本篇。从事理上看，一个政治家在政治上遭到了谗害，他必然首先是在政治上采取行动，以求辨明是非，摆脱困境，那时恐怕他还根本顾不上去写《离骚》这样一篇长诗；必须在政治上已经无能为力之后，才会想到写诗以抒发感情，进行控诉。事实上《离骚》也正清楚表现了屈原在政治上已陷入无能为力的处境，所以不得不在种种幻想中寻求出路。屈原在楚国内图变革，外抗强秦，始终是以争取楚怀王的支持为其主要手段的，而“灵修数化”一语正说明他同反动贵族集团已经打了好几个回合，而他是一次又一次被击败了的。

《史记·屈原列传》表明屈原是在他政治事业的顶点上遭谗被疏的，而《离骚》则表明他并非被疏之后立即写作本篇。

第二，屈原创作《离骚》时，对自己的行动尚有一定的主动权。这表现在两方面：一方面是进退出处和处世之道的选择，例如他说：

第二，屈原创作《离骚》时，对自己的行动尚有一定的主动权。

悔相道之不察兮，延伫乎吾将反。
回朕车以复路兮，及行迷之未远。
步余马于兰皋兮，驰椒丘且焉止息。
进不入以离尤兮，退将复修吾初服。

制芰荷以为衣兮，集芙蓉以为裳。

不吾知其亦已兮，苟余情其信芳。

《离骚》中诸如此类的话都反映了屈原在连遭挫折之后想要退回来独善其身；而如“上下求索”、“叩阍求女”等想象，则是反映他还在考虑如何进取与斗争。这都说明屈原此时在政治行动上还可以有所选择；倘若已经成了被放逐的罪犯，那还有什么选择的余地？与此相关的还有女嬃责劝屈原的一段话，那就是叫屈原的为人处世要随俗附众，不要独行其是，孤立于世。当然，女嬃这番话是屈原想象出来的，但这种想象也说明屈原认识到只要他肯退让妥协，还是可以免遭毁灭性的打击，安安稳稳做个无足轻重的官员。这种情况也说明了当时他是在一种什么样的处境之中；倘若已被放逐，那么即使他愿意妥协，也无济于事了。《哀郢》、《涉江》等篇作于放逐之后，其中即无进退出处的考虑，因为在那种情况下，他的进退出处已经无可选择了。把《离骚》与《哀郢》、《涉江》作对比，在有无选择性方面的差别是极为明显的。

《哀郢》、《涉江》等篇作于放逐之后，其中即无进退出处的考虑，因为在那种情况下，他的进退出处已经无可选择了。

主动权的另一方面表现在关于去留问题的考虑上（包括是不是留在郢都以至是不是留在楚国）。《离骚》中假设“灵氛占卜”、“巫咸降神”的两小节，就是对去留问题有所考虑的形象化反映。这说明屈原当时还有行动自由，能够对留不留在郢都、以至于留不留在楚国进行选择。若是到了被放逐的时候，那就正如《哀郢》、《涉江》等篇所表明的，根本没有选择的余地了。有的人把屈原流放说成是可以自由地来来往往的，这不是事实。《哀郢》中说屈原流放了“九年”，时时想着返回郢都，“羌灵魂之欲归兮，何须臾而忘反”，然而却只能慨叹“冀一反之何时”。《涉江》记述屈原一直被放逐到湘西山区，那里山高林深，荒无人烟，是“猿狖之所居”，难道屈原会自动跑到这种地方去？无非因为他被当作罪犯而一再遭到迫迁，他本人是不可能有选择之权的。这种情况，又与屈原创作《离骚》时可以在去留问题上有所选择成为鲜明的对比。

第三，《离骚》一再说要离去，但都是一种打算，而尚未付之于行动，这正说明此时屈原还不曾离开郢都。

第三，《离骚》一再说要离去，但都是一种打算，而尚未付之于行动，这正说明此时屈原还不曾离开郢都。例如“余既不难夫离别兮，伤灵修之数化”，“忽反顾以游目兮，将往观乎四荒”，“时缤纷其变易兮，又何可以淹留”等等，都写的是欲去未去的状况。又如屈原假想请灵氛占卜，以决去留，灵氛的劝告是：“勉远逝而无狐疑兮，孰求美而释女(汝)？何所独无芳草兮，尔何怀乎故宇？”接着又假想请巫咸降神，“神”也劝屈原离去：“勉升降而上下兮，求榘矱之所同。”这些都还是一种建议，反映了屈原有离去的念头，但还没有变为行动。特别是《离骚》最后一大段中，作者声称“何离心之可同兮，吾将远逝以自疏”，清楚地说明屈原想要“远逝”乃是“自疏”而非放逐；而且这“远逝”还是“将”有之事而非已然之事。紧接着他想象果真出发远逝了，然而在天空中从东到西转了一圈，最后却还是看到旧乡而不忍离去。《离骚》中翻来复去说要离去，这正说明他实际上尚未离开郢都，而只是在去留问题上有激烈的思想斗争。等到后来他写作《抽思》、《哀郢》时，那是真的不在郢都了，他就再也不说离去而一心只想回去了；再到写作《涉江》时，那就连回去也不想了，因为他已经绝望了。在去留往返问题上的这些情感表现，都密切地反映了他的现实处境。拿《离骚》同《抽思》、《哀郢》、《涉江》作比较，可以清楚地看到屈原此时事实上并未离郢。不过，《离骚》最后的“乱辞”中说：“已矣哉！国无人莫我知兮，又何怀乎故都！”这却是他经过反复思想斗争而作出的结论，预示着他在不久之后的确要离开郢都了。

第四，《离骚》所表现的精神状态。宋代林应辰在《龙冈楚辞说》中说："《离骚》一篇，辞虽哀痛而意则宏放，与夫直情径行、勇于踣河者不可同日语。且其寄兴高远，登昆仑，历阆风，指西海，陟升皇，皆寓言也。世儒不以为实，独信其从彭咸、葬鱼腹以为实者，何哉？"（陈振孙《直斋书录解题》引）林应辰从根本上怀疑屈原投水而死，这不符合《怀沙》、《惜往日》所表述的必死之心，也不符合汉人的一致看法，所以是错误的。但就《离骚》这一篇而言，林氏说它"辞虽哀痛而意则宏放"，却是极有道理的。《离骚》全篇所表现的精神状态是悲愤中有亢奋，痛苦中有期待。像"路曼曼其修远兮，吾将上下而求索"，"怀朕情而不发兮，余焉能忍与此终古"，"及余饰之方壮兮，周流观乎上下"等等，都说明他仍然怀有强烈的希望，想继续进行坚韧的追求；而像驾龙驱凤，周游太空，叩阍求女，远逝西海等等的想象，也仍然表现出宏壮的气魄，昂扬的斗志。这种情况即使和他斥居汉北时所写的《抽思》相比，也可以看出二者在精神上的不同，《抽思》的失望情绪更为深刻，痛苦也更尖锐，几于难以自持，所以调子趋于急躁低沉。至于和《哀郢》、《涉江》相比，那就更不相同了。《哀郢》、《涉江》虽仍表示对楚国反动统治势力的憎恨和对自己高尚品德的坚持，但对楚国的前途却不再抱有希望，也不再打算作什么探索与追求来改变自己的处境，这就和《离骚》以至于《抽思》都很不相同了。再往后，诗人在《怀沙》中说"知死不可让，愿勿爱兮"，《惜往日》中说"不毕辞而赴渊兮，惜壅君之不识"，这才是完全冷峻的绝命之辞。对照起来看，《离骚》所表现的精神状态，和他真正离开郢都、陷于更大的失望以至于绝望时的情况相比，的确是显然有别的。当其创作《离

第四，《离骚》所表现的精神状态。

骚》之时，光是一个去留问题，就要进行那么激烈的思想斗争，而去留不过是探索如何改变楚国政局和个人遭遇的一种手段，斗争还长着呢，哪里谈得上什么自杀的考虑。屈原一生在各个阶段上所抒述的情感，都是和他的实际处境紧密相应的，真可谓是“到什么山唱什么歌”。从心理活动的规律来说，正常人的情感都不会无缘无故产生，它总是联系着一定的认识(即对客观现实和自身状况的反映与感知)。在屈原的一些重要辞作中，情感变化的有序性，乃是对楚国现实和他自身遭遇的逻辑变化在心理上的自然反映；因此反过来说，这种情感变化的有序性就应视为了解他生平经历和创作情况的可靠证据。回过去再说林应辰的看法，他感受到《离骚》在情绪上的“宏放”，这是相当敏锐的；可惜他未能进一步考察《离骚》是屈原在什么阶段上所作，遂根据其中的精神状态贸然否定他终于自杀，导致了完全错误的结论。实际上《离骚》之作距离屈原之死还远得很，诗人在此后还有很多的悲惨遭遇与情绪变化；所以既不能根据《离骚》来推断屈原的最终结局，也不能根据屈原的最终结局来推断《离骚》的写作时间。因为二者之间并无直接的联系。这就像观看马拉松比赛，在某个运动员只跑了一半路程时，是无法断言他的最终情况会是怎样的。

在屈原的一些重要辞作中，情感变化的有序性，乃是对楚国现实和他自身遭遇的逻辑变化在心理上的自然反映；因此反过来说，这种情感变化的有序性就应视为了解他生平经历和创作情况的可靠证据。

第五，年龄情况。

第五，年龄情况。《离骚》中有些涉及年龄的句子是属于回忆倒叙的性质，当然无助于说明《离骚》的创作背景与年代。但也有一些句子是反映了《离骚》创作时的年龄状况的，例如“老冉冉其将至兮，恐修名之不立”；“及年岁之未晏兮，时亦犹其未央”；“及余饰之方壮兮，周流观乎上下”等。一个人若是年纪很轻，他当然不至于说“老冉冉其将至”；所以屈原在回忆当初努力进修时，只说“汩余若将不及兮，恐年岁之不吾与”这种一般性的惜阴自勉的话，而“老冉冉其将至”则是切实感到了老之将至，二者显然有区别。同时，一个人如果年纪已经老了，他当然也就不会说“及年岁之未晏兮，时亦犹其未央”；屈原在写《涉江》时明确说自己“余幼好此奇服兮，年既老而不衰”，“年既老”当然要比“年岁未晏”更晚多年。总起来看，屈原在写《离骚》时年纪已经不轻，但也不是“既老”。看来当是一个四五十岁的人。

第六，关于彭咸的问题。《离骚》最后两句说：“既莫足与为美政兮，吾将从彭咸之所居。”王逸《楚辞章句》说：“彭咸，殷贤大夫，谏其君不听，自投水而死。”唐代颜师古则在《汉书·扬雄传》的注中说：“彭咸，殷之介士也，不得其志，投江而死。”宋代洪兴祖《楚辞补注》亦引用此说。从此以后，彭咸问题便成为了解《离骚》创作年代的一个“误区”；许多人认为屈原在《离骚》中既已表明了投水殉国的决心，则《离骚》必定是作于屈原的晚年。但彭咸这人不见于其他古书，王逸、颜师古的注释又都未讲明出处，所以宋代朱熹在《楚辞辩证》中指出王、颜“二说皆不知其据也”。至明代汪瑗《楚辞集解》便大胆发难，明确否定旧说，创立新解。他说：

第六，关于彭咸的问题。

> 按《楚辞》中言彭咸者凡七见：《离骚》曰“虽不周于今之人兮，愿依彭咸之遗则”；又曰“既莫足与为美政兮，吾将从彭咸之所居”。《抽思》曰“望三五以为像兮，指彭咸以为仪”。《思美人》曰“独茕茕而南行兮，思彭咸之故也”。《悲回风》曰“夫何彭咸之造思兮，暨志介而不忘”；又曰“孰能思而不隐兮，昭彭咸之所闻”；又曰“凌大波而流风兮，托彭咸之所居”。详玩此数语，亦未见彭咸为投水之人。其所谓“凌大波而流风”，犹《哀郢》“凌阳侯之泛滥”、“顺风波而流从”之意耳。

又说：

按刘向《九叹·灵怀》篇曰："九年之中不吾反兮，思彭咸之水游。"王逸之说或本之刘向，而颜师古或本之王逸者，但不知刘向何所考据而云然也。盖尝读太史公《世家》有曰彭祖者，乃帝高阳颛顼氏之玄孙，陆终之第三子也。虞翻注曰："彭祖名翦，封于彭城，为彭姓。"《神仙传》云："彭祖者，殷贤大夫也，姓篯名铿。"《系本》亦云"篯铿是为彭祖"。又按《大戴礼·虞德》篇有商老彭之语，包氏注曰"商贤大夫"。《论语·述而》篇有窃比老彭之语，朱子注亦曰"商贤大夫"。考其德而论其世，稽其姓而辩其名，则曰彭咸、曰彭铿、曰彭翦、曰彭祖、曰老彭、曰篯铿，其实为一人也明矣。或者问曰：史传以为"铿"，而《离骚》以为"咸"何也？瑗曰："铿"与"咸"声相近而误也。或者曰：然则又以为名"翦"何也？岂亦声相近而误乎？曰：然。盖"篯"字旧俱音作"翦"，而王翦之"翦"又有音作"笺"者，是古人语有缓急之殊，故读有平仄之异耳。虞翻因以"彭"为姓，而误以"篯"作名，又转"篯"作"翦"也。是咸也、铿也、翦也，其实一也……大抵彭祖乃古之有德有寿之隐君子也。或曰：然则以为自投水死者非邪？曰：非也。意者后世因其有西逝流沙之语，故误以为投水；而又不知屈原实未尝赴渊自沉，见编内亟称其人，遂附会其说焉。若以屈原慕彭咸为欲自投水死，则孔子窃比之意岂亦欲自沉乎？……余怪后世不详考彭咸之为谁，而深察屈原窃比之微意，故不得不辩。

《楚辞集解》(包括《蒙引》)中有关彭咸的辩证远不止此，而所有的辩证也总要涉及屈原的归宿，即离楚遁隐，而并未投水自尽。这当然是汪瑗的一个大错误，因此《楚辞集解》便遭到了清代四库馆臣的猛烈攻击，《四库全书总目提要》用了这样一段话来概括《集解》全书：

(汪)瑗乃以臆测之见，务为新说，以排诋诸家。其尤舛者，以“何必怀故都”一语为《离骚》之纲领，谓实有去楚之志，而深辟洪兴祖等谓原惓惓宗国之非。又谓原为圣人之徒，必不肯自沈于水，而痛斥司马迁以下诸家言死于汨罗之诬。盖掇拾王安石《闻吕望之解舟》诗李璧(按当作壁)注中语也。亦可谓疑所不当疑，信所不当信矣！

这段话批评汪瑗否定屈原投汨罗而死的错误，当然批得有理；但它对《楚辞集解》全书采取一棍子打死的态度，却是不应该的。事实上《集解》虽始终坚持了一个重大的错误，却仍不失为一个很有质量的注本；它提出的不少创见都为清初注家所沿用(说详拙作《汪瑗和他的〈楚辞集解〉》，见《文史》第十九辑)；就以他对彭咸的辩证而论，也是很有参考意义的。清代戴震在《屈原赋注》中就引用了彭咸即《论语》的“老彭”说，以及屈原“依彭咸”即孔子“窃比老彭”之意，这就是汪瑗对彭咸所作解释的一部分。又晚清曹耀湘在《读骚论世》中认为，王逸所谓彭咸“谏其君不听，自投水而死”，不过是“依屈原之事，傅会为之”，这也合于汪瑗说的一部分。特别要指出，与汪瑗说相合之处更多的，是晚清俞樾对彭咸的解释(说详《俞楼杂纂·读楚辞》)。由于汪瑗《楚辞集解》不易见到，而俞樾则是近代名家，因此有的人便认为“彭咸即彭铿”说

这段话批评汪瑗否定屈原投汨罗而死的错误，当然批得有理；但它对《楚辞集解》全书采取一棍子打死的态度，却是不应该的。

当然俞樾说也有一些新的进展，最主要的就是对《悲回风》“凌大波而流风兮，托彭咸之所居”二句的解释。

是俞樾首创的，而不知俞说只是重复汪说或与之偶合而已。当然俞樾说也有一些新的进展，最主要的就是对《悲回风》“凌大波而流风兮，托彭咸之所居”二句的解释。屈原辞七次提到彭咸，以这二句最近于“水死”之意，汪瑗对此虽也作了解释，但说服力不够；俞樾则基本上把这个问题解决了。他认为此二句虽似意近水死，“然其下即曰：上高岩之峭岸兮，处雌蜺之标颠。既思投水，何又思登山乎？盖登山涉水皆是从彭咸之所居。于水言彭咸，而于山则举雌蜺以俪之，此古人文法之不拘”。他又说：“屈子之从彭咸，止是取法前贤，即夫子窃比老彭之意。乃因屈子是投水而死之人，遂谓其所效法者，亦必投水而死。固矣夫，高叟之为诗也！其下又云‘求介子之所存，见伯夷之放迹’，此二子亦岂投水而死者乎？”再往后，闻一多先生也对《悲回风》中的二句做了明白的解释：

> 考《离骚》“吾将从彭咸之所居”与此“托彭咸之所居”语同。彼言彭咸所居，实指昆仑上层之天庭：则此言彭咸所居，亦当指上文“高岩之峭岸”，“雌霓之标颠”云云；而后文摅虹，扪天，吸露，漱霜，依风穴，冯昆仑，皆既至彭咸所居后之所从事。然则所谓“凌大波而流风”者，乃造彭咸之过程，非谓彭咸所居即在水中也。
>
> （《楚辞校补·悲回风》）

这段话除讲明《悲回风》的二句外，还对《离骚》“彭咸所居”提出了一种解释，这也是可以参考的。其后，顾颉刚先生又指出彭咸乃是《山海经》中所说的巫彭、巫咸的合称（说详《史林杂识初编·彭咸》）。这个说法也是很有参考价值的。

当然，彭咸究竟是什么人，这个问题并未彻底解决，还要继续研究。但有一点却应该肯定，即既不能因为屈原是投水而死的，便推测彭咸也是投水而死的；又不能因为彭咸没有投水而死，便推测屈原最终也没有投水（王逸可能犯了前一种错误，汪瑗则是犯了后一种错误）。《离骚》的最后两句只能说明屈原决定要离开他曾想实现“美政”的政治中心郢都，并不能说明他已决定投水自尽，更不能由此认定《离骚》作于屈原的晚年。彭咸不过是屈原在中年时代所向往和想效法的一个古代圣贤，到了晚年他逐步萌发死志时，反倒绝口不提彭咸了。

（三）《离骚》创作年代的上下限

根据以上各点分析，结合上面所讲的屈原生平经历，可以推测《离骚》的创作年代，其上限应是楚怀王十八年（公元前311年，屈原四十二岁）；下限则是楚怀王二十七年（公元前302年，屈原五十一岁）。

根据以上各点分析，结合上面所讲的屈原生平经历，可以推测《离骚》的创作年代，其上限应是楚怀王十八年；下限则是楚怀王二十七年。

先说为什么以楚怀王十八年为上限。《史记·屈原列传》说屈原因为制订“宪令”一事受到谗害，而被怀王疏远。这事发生在哪一年，《屈原列传》没有说。但在下文讲到张仪第一次出使楚国时（据《史记·楚世家》是在怀王十六年），传中却已标明“屈平既绌”；随后在记述张仪对楚国的种种欺骗和楚怀王的反复变卦之后，传中又说：“是时屈平既疏，不复在位；使于齐，顾反，谏怀王曰：‘何不杀张仪？’”屈原使齐是在怀王十七年，归国谏怀王则是怀王十八年。根据这些记述，屈原在怀王十六年虽已被绌，但从十七年使齐、十八年谏王等情况来看，他的处境还未落到《离骚》中所描述的那样。所以《离骚》的写作不会早于楚怀王十八年。

>>>

屈原塑像。

再说为什么以楚怀王二十七年为下限。屈原生平被迫离开郢都先后有两次，第一次是在楚怀王朝被斥居汉北，第二次是在顷襄王朝被流放江南。根据前面对《离骚》本文的种种分析，屈原创作此篇只能是在他第一次离郢、出居汉北之前：而与第二次离郢、流放江南根本没有关系。那么屈原出居汉北究竟是在什么时候呢？这也找不到直接的答案。但据《史记·楚世家》，怀王三十年，秦昭王约楚怀王会于武关；又据《史记·屈原列传》，屈原曾谏劝怀王不要入秦；可见至晚在怀王三十年，屈原已不在汉北而在朝廷之上了。屈原出居汉北，有人说是"谪宦"，有人说是"自疏"，也有人说是流放，现在难作结论；但不论怎么说，从出居到归来总要相当长的一段时间。再看屈原在汉北时期所写的《抽思》，头一段追叙，说到"悲秋风之动容"；后面讲现况，又说到"望孟夏之短夜"，可见这一篇所叙的内容已涉及两个年头。而在《抽思》中又还看不出一点回朝的可能，回朝以后也未必立即碰上楚怀王要赴会武关。把这种种因素放到一起来看，屈原从出发到归来至少也要三年时间，也就是说他第一次被迫离郢不可能晚于楚怀王二十七年。屈原写作《离骚》既然还在离郢之前，可见《离骚》创作年代的下限也不可能晚于楚怀王二十七年。

屈原生平被迫离开郢都先后有两次，第一次是在楚怀王朝被斥居汉北，第二次是在顷襄王朝被流放江南。

上限在怀王十八年，下限在怀王二十七年，这中间有十年之久；能不能把《离骚》创作年代的范围再缩小一点呢？看来要作比较可靠的考证似乎办不到，只能根据一些迹象来作一些推测。众所周知，屈原的政治主张主要有两项，即对内实行法治，对外联齐抗秦。前者在制订"宪令"的斗争中已经失败了（事在怀王十六年之前），失败的结果是屈原被疏，不当左徒。他为什么没有遭受更大的打击？恐怕因为他在外交上，特别是齐楚关系上，还是一个有用的人。所以怀王在十六年受了张仪的欺骗,吃了大亏,在十七年就派屈原出使齐国。此后数年,齐楚关系一直没有断绝(怀王二十年,还曾"用昭雎议,复合于齐",见《史记·楚世家》)。直到怀王二十四年,楚国又"背齐而合秦",怀王受秦昭王厚赂,结成亲家;二十五年秦楚又"盟于黄棘"。此时屈原才在政治上一无可为,也一无可用了。他真正面临了《离骚》中所写的那种处境,并且不久就被斥居汉北了。所以,屈原创作《离骚》就有可能是在楚怀王二十四、二十五、二十六这三年之中,时为公元前305年至前303年,屈原四十八岁至五十岁。

此时屈原才在政治上一无可为,也一无可用了。他真正面临了《离骚》中所写的那种处境,并且不久就被斥居汉北了。

不论是上、下限之间的十年,还是经过缩小的三年,屈原创作《离骚》时的情况都是:

(一)他被疏以后又经历了较多的斗争;

(二)他有行动的自由;

(三)他尚未离开郢都;

(四)他还保持着继续"求索"和斗争的精神状态;

(五)他是一个四五十岁的人。

二 《离骚》题名的解释

"离骚"二字的意思,旧说可以概括为两类:

(一)司马迁《史记·屈原列传》说:"离骚者,犹离忧也。"班固《离骚赞序》训释更为明确:"离,犹遭也。骚,忧也。明己遭忧作辞也。"二说略同,多为后人所宗,并有所申说。

唐代颜师古说:"离,遭也。忧动曰骚。遭忧而作此辞。"(见

《汉书·贾谊传》注)清代钱澄之说:“离为遭,骚为扰动。扰者,屈原以忠被谗,志不忘君,心烦意乱,去住不宁,故曰骚也。”(《屈诂》)颜、钱二说皆释“骚”为“动”,虽“忧动”与“扰动”不无差异,但如钱说,“扰动”而至于“心烦意乱”,则亦转为“忧”意。

又清代段玉裁说:“《屈原列传》曰:‘离骚者,犹离忧也。’此‘骚’古音与‘忧’同部得之。‘骚’本不训‘忧’,而扰动则生忧也。故曰‘犹’。”(《说文解字注》)段说实际是指出了两种可能:一是因为“骚”、“忧”古音同部,所以相通。二是因为“骚”为扰动之意,而扰动则生忧。前者得之于声,后者得之于义,是两种可能,不可混为一谈;但结为“忧”之意,段无异辞。又清代王念孙在《广雅》“慅,愁也”条下说:“《史记·屈原传》:‘离骚者,犹离忧也。’‘骚’与‘慅’亦同义。”(《广雅疏证》)这是读“骚”为“慅”,而训“愁”,“愁”也就是“忧”。至于“离”之训“遭”,则段、王均无异义。

以上第一类,虽解释之途径不一,但都肯定“离骚”为“遭忧”之意。

以上第一类,虽解释之途径不一,但都肯定“离骚”为“遭忧”之意。

(二)王逸《楚辞章句·离骚经序》说:“离,别也。骚,愁也。经,径也。言己放逐离别,中心愁思,犹依道径以风谏君也。”按《离骚》称“经”,当是因为汉人推尊此篇。淮南王刘安叙《离骚传》曰:“《国风》好色而不淫,《小雅》怨诽而不乱,若《离骚》者,可谓兼之。蝉蜕浊秽之中,浮游尘埃之外,皭然泥而不滓。推此志,虽与日月争光可也。”(班固《离骚序》引)《离骚》既兼《国风》、《小雅》之义,“可与日月争光”,则非“经”而何?又刘安注释《离骚》而名其所著为《离骚传》,也明明是援用“经”、“传”相配之例。王逸身为校书郎,又在经学盛行的东汉时期,竟释“经”为“径”,并谓“犹依道径以风谏君”云云,真不可解,今姑置勿论。但他释“离骚”为

“别愁”，则似可通，所以在后世也很有影响。

宋代项安世说：“《楚语》伍举曰：‘德义不行，则迩者骚离，而远者距违。’韦昭注曰：‘骚，愁也。离，畔也。’盖楚人之语，自古如此。屈原《离骚》，必是以离畔为愁而赋之。其后词人仿之，作《畔牢愁》，盖如此矣。畔谓散去，非必叛乱也。”（《项氏家说》）宋代王应麟也说：“《楚语》伍举曰：‘德义不行，则迩者骚离，而远者距违。’伍举所谓骚离，屈平所谓离骚，皆楚言也。扬雄为《畔牢愁》，与《楚语》注合。”（《困学纪闻》）按这都是以“骚离”、“离骚”为“楚人之语”：其释“离”为“畔”，谓“散去”，皆离散之意；“离骚”非“遭忧作辞”，而是“以离畔为愁而赋之”。离散、离畔皆与离别义通，所以项、王之说都是以楚方言补证了王逸说。

离散、离畔皆与离别义通，所以项、王之说都是以楚方言补证了王逸说。

又明代汪瑗说：“篇内曰‘余既不难夫离别兮，伤灵修之数化’，此《离骚》之所以名也。王逸曰：‘离，别也。骚，愁也。言己放逐离别，中心愁思’，其说是矣。”“若谓明己遭忧而作此辞，则二十五篇为遭忧之所作者多矣，而总称之曰‘离骚’可也，又奚必篇各有题名乎？”（《楚辞集解》）这是明确赞成王逸说而否定“遭忧”说的一种解释。

又明代李陈玉说：“离之为解，有隔离、别离、与时乖离三义。盖君臣之交，原自同心，而谗人间之，遂使疏远，相望而不相见，是谓隔离，此《离骚》中有‘何离心可同’之语。一去永不相见，孤臣无赐环之日，主上无宣室之望，是谓别离，此《离骚》中有‘余既不难夫离别’之语。若夫君子小人，枘凿不相人，薰莸不共器，是谓乖离，此《离骚》中有‘判独离而不服’之语。就骚解骚，方知作者当日命篇本意。”（《楚辞笺注》）按李说甚穿凿，但“隔离”、“别离”、“乖离”之“离”，亦皆分而不交之意，显然由王逸说派生，而不属于释

“离”为“遭”的一类。

又清代戴震说：“离，犹隔也。骚者，动扰有声之谓。盖遭谗放逐，幽忧而有言，故以‘离骚’名篇。”（《屈原赋注》）义虽稍异，但释“离”为“隔”，亦属王说一脉。

在以上两类旧说中，“骚”或作“忧”解，或作“愁”解，或作因“扰”而“忧”解，大致都无实质区别。主要分歧是在“离”的训释上，或作“遭”解，或作“别”解，不可调和，当于后文辩之。

在近人的解释中，影响较大的有游国恩先生说。其说略谓《大招》“伏戏驾辩，楚劳商只”，王逸注《驾辩》、《劳商》皆曲名。“离骚”与“劳商”双声通转，可能是一个名词的两种写法。然则《离骚》应是古曲名，用为篇目正与《九歌》、《九辩》相若。至于“离骚”二字本身的意义，则游先生认为，扬雄曾根据《离骚》作《反离骚》，又模仿《惜诵》至《怀沙》各篇而作《畔牢愁》；“畔”与“叛”通，也是“反”的意思；“牢愁”即“牢骚”，所以《畔牢愁》实际就是《反离骚》。“离骚”与“牢愁”、“牢骚”在声音上也并以双声、叠韵通转。所以“离骚”二字当视为一词，不宜分释（说详《楚辞概论》）。此说新颖而有据，所以郭沫若先生亦深表同意（见《屈原研究》）。

在近人的解释中，影响较大的有游国恩先生说。

又钱钟书先生说，“离骚”的意思，类似用作人名的“弃疾”、“去病”，或用作诗题的“遣愁”、“送穷”。因为“离”是“分阔”的意思，所以“离骚”是“欲摆脱忧愁而遁避之”，是“与‘愁’告别”，而非“因‘别’生‘愁’”（详见《管锥编》第二册）。此说巧妙可通，很有参考价值。

钱钟书先生说，“离骚”的意思，类似用作人名的“弃疾”、“去病”，或用作诗题的“遣愁”、“送穷”。

关于《离骚》题名解释，大致就是这些。究竟哪一种说法比较符合原义，这就是一个需要分析论证的问题。

屈原辞作的篇名可以分为三类：

第一类是概括全篇之意而命名，如《天问》、《涉江》、《哀郢》、《怀沙》、《招魂》等。

第二类是以篇首二字或三字、或篇中二字作为篇名，如《惜诵》、《抽思》、《思美人》、《惜往日》、《悲回风》等。

第三类是以楚之古曲名为题，如《九歌》(《九辩》亦属此类，但非屈原所作)。

《九歌》虽与屈原有关，但其命名别有渊源，不可视为概例。

在以上三类中，《九歌》是一套祀歌，并非屈原始制，只是做了加工，当然要保持原来作为巫用"仪式歌"的定名。所以，《九歌》虽与屈原有关，但其命名别有渊源，不可视为概例。又《招魂》"涉江采菱，发扬荷兮"，其中《涉江》、《采菱》、《扬荷(阳阿)》都是楚曲之名；但作为曲名的《涉江》与屈原《九章》中的《涉江》并无关系。《九章》中的《涉江》乃是因篇中"旦余济乎江湘"之意得名，全篇的主要内容也是写"济乎江湘"及其后的经历；题为《涉江》不过是与楚曲偶合。因此在屈原所创制的诸辞中，以曲名为篇名者尚无旁证，还需存疑。

就另外两种命名类型而言，有一个现象是值得注意的。司马迁在《屈原列传》的赞语中说：

> 余读《离骚》、《天问》、《招魂》、《哀郢》，悲其志。

另外传文中说到"乃作《怀沙》之赋"，并录其全文(又传中亦录今本《渔父》之文，但主要是作为记事成分，未著题目)。由此可见，《屈原列传》所著录的屈原辞作，除《离骚》这一篇正待论证外，其他各篇的题目均可确定属于上述第一种类型，即概括全篇的意义而命名。

\>>>

《招魂》"涉江采菱,发扬荷兮"。图为古代画家李仲麟所作《招魂图》。

根据这一现象又可以发现另一个值得注意的现象，即屈原的辞作中凡属于上述第二种类型的篇名（如《惜诵》、《抽思》、《悲回风》等），一概编在《九章》之中。那么《九章》是一组什么样的辞作呢？王逸在《楚辞章句·九章序》中说：

《九章》是一组什么样的辞作呢?

屈原放于江南之野，思君念国，忧心罔极，故复作《九章》。章者，著也，明也，言己所陈忠信之道甚著明也。

这显然是说《九章》之名为屈原所自定，而且是有用意的。但这一说法绝不可信，因为《九章》各篇并非都作于"江南之野"，如《橘颂》作于早期，《抽思》作于汉北，皆与屈原晚年流放江南毫无关系；可见王逸并不确切了解《九章》各篇的写作背景，因此所谓"章者，著也，明也"云云，也只能是出于望文生义。宋代朱熹在《楚辞集注·九章序》中说：

屈原既放，思君念国，随事感触，辄形于声。后人辑之，得其九章，合为一卷，非必出于一时之言也。

朱熹把《九章》各篇均归为"既放"后所作，虽仍不精确；但指出《九章》为后人所辑，因共得九章（篇）而标为卷名，则近于事理而大致不悖《九章》各篇的实际，所以较为可信。

《九章》之名最早见于刘向的拟骚之作《九叹·忧苦》："叹《离骚》以扬意兮，犹未殚于《九章》。"因此也有可能就是刘向在典校经书时把它们辑在一起并标为《九章》的。与刘向同时的扬雄曾"旁《惜诵》以下至《怀沙》一卷，名曰《畔牢愁》"（见《汉书·扬雄传》),这就可能因为“合为一卷”的《九章》其时尚未流行于世,所以扬雄作《畔牢愁》只是模仿了其中的五篇(即《惜诵》、《涉江》、《哀郢》、《抽思》、《怀沙》)。至班固撰《汉书》时,则“合为一卷”的《九章》必已盛行于世,广为人知,所以班固在《汉书·扬雄传》中说扬雄作《畔牢愁》,对其所仿的屈辞已不必全列篇名,而只须说“《惜诵》以下至《怀沙》”;因为在《九章》传世之后,它所包含的篇章及其次序均已固定,并为人所熟知了。从这些情况来看,《九章》之被“合为一卷”是不会太早的;王逸把它说成是屈原所自定,决非事实。

不论是刘向或是还要早一点的人,当其辑《九章》而为一卷时,必是因为看到其中有五篇辞作都无篇题,这五篇就是《惜诵》、《抽思》、《思美人》、《惜往日》、《悲回风》,所以才取篇首或篇中二三字以为之名。反之,另外的四篇,即《涉江》、《哀郢》、《怀沙》、《桔颂》,则是原来已有篇题的,因此沿用不改,不再按《惜诵》诸篇之例另外定名。于是《九章》各篇的题目才分属两种类型。又,原来就有篇题的四篇中,有两篇见于《史记·屈原列传》(即《哀郢》与《怀沙》);而重新定名的五篇却竟无一篇著录入传。由此可见,屈原辞篇名之分属第一类型或第二类型,并非全出偶然,而是显示了一种规律,即早先流传而为司马迁所已见者,其题目均属第一类型;而题目属于第二类型的,则是后来所发现,因已失原题,所以在辑为《九章》时才由编辑者摘取篇首或篇中二三字而为之名。

不论是刘向或是还要早一点的人,当其辑《九章》而为一卷时,必是因为看到其中有五篇辞作都无篇题,这五篇就是《惜诵》、《抽思》、《思美人》、《惜往日》、《悲回风》,所以才取篇首或篇中二三字以为之名。

据此以观《离骚》,它不仅早已著录于《史记·屈原列传》并有重点论述,且在更早的时候已有贾谊为之赋(贾谊《吊屈原》中有针对《离骚》而发的辞句,已见前述),又有刘安为之传,可知其为最早流传的屈原辞作之一。所以,它的命题应是与《天问》、《招魂》、《哀郢》、《怀沙》一样，不仅原来就有篇题，且其命名当属于第一类型，即概括全篇之意而为之名。又，凡属于第一类型的篇名，皆为两个独立的单字构成一个短语（亦必如此才便于概括全篇之意）。所以，《离骚》二字也像《天问》、《招魂》、《涉江》、《哀郢》等一样，不可能是一个现成的、不可分析的双音词。它与楚方言“骚离”虽然字面相同，却并非同义（钱钟书先生曾列举大量词例，如“东西”之与“西东”、“风流”之与“流风”等等，说明文既倒置，诂亦应异，不可随便移用。说详《管锥编》第二册）。

“离骚”既由两个单字构成，那么“离”字究应作“遭”解，还是应作“别”解呢？

“离骚”既由两个单字构成，那么“离”字究应作“遭”解，还是应作“别”解呢？看来应作“遭”解，“离骚”就是“遭忧”的意思。理由极为简单，即在屈原创作《离骚》时，他还未曾斥居于外，更谈不上放逐（这在上一节中已有较多论述）；他既没有离开郢都，所以不可能抒发离别的忧愁。但他此时确已屡遭挫折，多受谗害而被疏远，所以很有可能“遭忧作辞”。王逸对屈原生平遭际的了解大有模糊性，他认为屈原的所有辞作均作于放逐以后，《离骚》也因“放逐离别，中心愁思”而作，所以自然而然要把“离骚”解为“别愁”。这是因了解背景不确而导致解题失误。至于汪瑗之说，看似有据，实则经不起分析。他说《离骚》因“余既不难夫离别兮，伤灵修之数化”而得名，则《离骚》所“伤”者乃是“灵修数化”（楚怀王反复无常），为何以王逸“别愁”之说为是？且“余既不难夫离别”一句，正是考虑到离别而尚未离别之语；《离骚》中凡言及离别去郢之句，皆是如此；包括最后想象去国远逝，也因“临睨旧乡”、“仆悲马怀”而终于不忍离去。所以《离骚》所抒发的愁绪性质与《抽思》、《哀郢》之所抒述者是显有差异的。《抽思》思念郢都竟至于“魂一夕而九逝”，《哀郢》思念郢都既深慨“九年不复”、“一反何时”，更痛感“鸟飞故乡”、“狐死首丘”之悲。这说明当他真正尝到了离别的滋味时，他是决不会说“余既不难夫离别”的。纵观《离骚》全篇，不仅无一语及于离人之思，反而一再想象远逝他方，有所追求，这正是屈原当时尚未离开郢都的确证。所以“离骚”二字释为“别愁”是不能概括篇中之意的。至于汪瑗说“若谓明己遭忧而作此辞，则二十五篇为遭忧之所作者多矣，而总称之曰‘离骚’可也，又奚必篇各有题名乎？”按照他的逻辑，人们完全可以反驳说：“若谓因别愁而作此辞，则二十五篇之作于放逐离别者不一，均称之曰‘离骚’可也，又奚必有《抽思》、《哀郢》等题名乎？”可见他的这一说法是不成其为驳论的。

纵观《离骚》全篇，不仅无一语及于离人之思，反而一再想象远逝他方，有所追求，这正是屈原当时尚未离开郢都的确证。所以“离骚”二字释为“别愁”是不能概括篇中之意的。

屈原辞中的“离”字，作“遭”解（通“罹”）或作“分”、“别”解，均不少见。但它们在用法上的区别，则显有规律可寻。其作“分”、“别”解者，不外几种情况：

一是“离”字独用。如：

判独离而不服。

（《离骚》）

身首离而心不惩。

（《国殇》）

阳离爰死。

（《天问》）

反离群而赘肬。

（《惜诵》）

薠蘅槁而节离。

（《悲回风》）

二是与一个同义或反义的对等之字，构成并列关系。如：

离别（《离骚》"余既不难夫离别兮"）。
离异（《惜诵》"终危独以离异兮"）。
离散（《哀郢》"民离散而相失兮"）。
离合（《离骚》"纷总总其离合兮"）。

三是与一个中性词义（无情感倾向）的名词，构成偏正关系。如：

离心（《离骚》"何离心之可同兮"）。
离居（《大司命》"将以遗兮离居"）。

"离骚"之"离"若作"分"、"别"解，是不合屈辞用词之例的。

对照"离骚"二字，"离"如作"分"、"别"解，则与以上三种情况都不相合：(1) 它并非独用；(2) 它不与"骚"构成并列关系；(3) "离骚"释为"别愁"解，虽是偏正关系，但"骚"在词义上却不是无情感倾向的中性名词。所以，"离骚"之"离"若作"分"、"别"解，是不合屈辞用词之例的。

再看"离"字若作"遭"解，情况如何。从归纳可知，屈辞中凡用"离"为"遭"义者，其双音结构必为动宾关系，而作宾之字在意义上决非中性，必有困苦危难之意。如：

离尤（《离骚》"进不入以离尤兮"，《惜诵》"恐重患而离尤"）。

离孽(《天问》"卒然离孽")。

离殃(《招魂》"长离殃而愁苦")。

离愍(《怀沙》"离愍而长鞠"、"离愍而不迁兮",《思美人》"独历年而离愍兮")。

离谤(《惜诵》"纷逢尤以离谤兮",《惜往日》"被离谤而见尤")。

离忧(《山鬼》"思公子兮徒离忧")。

对照"离骚"二字,"离"若作"遭"解,则"离骚"即为"遭忧"之意,正是动宾关系,而作宾之字亦非中性词义,而有苦难之意,与以上用词之例若合符节。所以,"离骚"释为"遭忧"虽是最古老的训解,却是最有可能符合题名原意的。

三 《离骚》的整体结构

《离骚》体制宏伟,内容丰富复杂,然而全篇的层次结构却异常谨严,整个内容的变化发展具有高度的有序性,充分表现了艺术构思的精密。

《离骚》体制宏伟,内容丰富复杂,然而全篇的层次结构却异常谨严,整个内容的变化发展具有高度的有序性,充分表现了艺术构思的精密。

但在古往今来的读者中,却有许多人不能理解这一点。例如清代初年就有人说:"《离骚》之所以妙者,在乱辞无绪;绪益乱则忧益深,所寄益远。"(周庚《与夫子》,见《尺牍新钞》一集)这话的意思还是赞扬《离骚》的,说它"乱"得就是好。到了现在,不少初读《离骚》的人就说它"乱"得不好了。有的青年学生还直率地说:"《离骚》的内容重复杂乱,翻来复去是那几句话,有什么好?讲《离骚》的人把它说得天花乱坠，实际上不过是人云亦云，不敢违背传统的说法而已。”读《离骚》而得到这样的印象，是因为对它缺乏理解的缘故。

理解表现了反映的有序性，即把反映对象的各个部分、各个层次、各个侧面有机地结合起来，又把反映对象与反映者已经储存在大脑中的有关知识联系起来，以达到深一层的认识。

理解表现了反映的有序性，即把反映对象的各个部分、各个层次、各个侧面有机地结合起来，又把反映对象与反映者已经储存在大脑中的有关知识联系起来，以达到深一层的认识。欣赏文学创作，因为其认识对象是富有感性的艺术形象，所以必须充分发挥感受的作用；但人们对于任何对象都是“只有理解了的东西才更深刻地感觉它”，所以只有与理解相结合的感受才可能比较准确与深刻。阅读和欣赏《离骚》，情况也是如此。对它的感受与理解都有个层层深入的过程，也就是说，无论感受与理解都是有层次的，是由浅入深的。但在最初的阶段上，则必然要以读懂各句各章为前提，而读懂各句各章就是一个层次的理解；在这个前提下，才谈得上进一步的感受与理解。欣赏现代、当代的文艺创作，大都没有语言障碍，所以欣赏过程的最初阶段是以感受为主的（亦不能排除理解，因为在实际的大脑活动过程中，感受与理解是难分难解的，但可以通过注意的分配而各有侧重）；而像欣赏《离骚》这样的作品，则因为它文义古奥，而不得不先解决一个读懂各句各章的问题。当然，在读懂的过程中也已有了感受；但深刻的感受却只有在理解全篇文义的基础上才可能得到。

结构是为表现内容而存在的。因此，要了解《离骚》各层次之间的关系，必须首先了解它的创作旨意与主要内容。《离骚》的创作旨意就是“遭忧作辞”：而主要内容也就是围绕着“遭忧”来抒情、叙事和说理。“离骚”就是“遭忧”，这在上一节中已经论证过了。作为题名的解释，固然不一定人人同意；但“遭忧作辞”是《离骚》的创作旨意和内容概括，这却可以从屈原生平和《离骚》全文得到充分的证明。广大读者都不会认为《离骚》是无缘无故而作的，或是为了得意欢快之事而作的。

那么《离骚》所表述的是一种什么"忧"呢？照王逸的说法，是"离别"之忧。但这个说法是不对的，前文已有较为充分的论证。《离骚》所述之"忧"，概括地说就是不能通过政治变革以实现"美政"之忧，所以作者在篇末结出题旨时明确声称："既莫足与为美政兮，吾将从彭咸之所居！"但具体说来，这种忧患又可以分析为二。屈原要在当时的楚国进行变革、实现"美政"，事实上只有两种手段：一是通过君主（楚怀王）的支持，由上而下实行变革（这是主要的手段）；二是集结志同道合的人互相扶持，共张声势。但在《离骚》创作之时，屈原在这两方面所作的努力均已彻底失败，所以他既深感得不到君主信任之忧，也深感孤立无援之忧。表现这两种忧患的诗的形象，就像交响乐中的两个"主题旋律"在全篇中反复出现，并在其他内容的陪衬之下多次"变奏"，谱成全曲。所以，牢牢把握这两个"主题旋律"，乃是读通《离骚》全文的关键。

那么《离骚》所表述的是一种什么"忧"呢？

现在再来谈《离骚》全篇的层次结构。这篇宏伟的辞作曾被古往今来的人作过各种各样的结构分析；而从内容的变化发展上看，只有清人王邦采在《离骚汇订》中所作的划分是最为准确而清晰的，那就是把《离骚》读为三大段加一个结语：

现在再来谈《离骚》全篇的层次结构。

第一大段："帝高阳之苗裔兮"→"岂余心之可惩"；

第二大段："女媭之婵媛兮"→"余焉能忍与此终古"；

第三大段："索藑茅与筳篿兮"→"蜷局顾而不行"；最后以"乱辞"作结。

上述三大段的内容是层次分明、互不相混的。为了便于读者

掌握,所以现在各用一句话来概括它们的内容:

第一大段:写诗人在现实中的斗争与失败;

第二大段:写诗人在想象中的追求与幻灭;

第三大段:写诗人设想去国而终于不忍离去。

现在再把以上所说的两个问题(即《离骚》的题旨与结构)联系起来进行考察。先要看清屈原所"遭"之"忧"是怎样在第一大段中得到深刻表现的。

先要看清屈原所"遭"之"忧"是怎样在第一大段中得到深刻表现的。

《离骚》一开头,诗人从自己的世系、祖考、生辰、名字说起,进而自述德才兼备并努力进修,以求献身于君国。这就好比一段"序曲"。紧接着就进入了"遭忧作辞"的第一个"主题旋律":

> 昔三后之纯粹兮,固众芳之所在;
> 杂申椒与菌桂兮,岂维纫夫蕙茝?
> 彼尧舜之耿介兮,既遵道而得路;
> 何桀纣之猖披兮,夫唯捷径以窘步。
> 惟夫党人之偷乐兮,路幽昧以险隘。
> 岂余身之惮殃兮,恐皇舆之败绩!
> 忽奔走以先后兮,及前王之踵武。
> 荃不察余之中情兮,反信谗而齌怒。
> 余固知謇謇之为患兮,忍而不能舍也。
> 指九天以为正兮,夫唯灵修之故也!
> 初既与余成言兮,后悔遁而有他。
> 余既不难夫离别兮,伤灵修之数化。

这一节通过历史上圣君与昏君的比照,突出表现了屈原对君主的要求与希望,说明他把君主的贤愚与作为看做决定国家命运的主要因素;同时他也着重表述了自己如何矢志不移,为君主与国家尽心尽力。然而楚怀王却根本不是"三后"、"尧舜"那样的圣君,所以屈原终于不得于君,反遭厌弃,只落得满怀忧愤。最后两句表示所忧的性质至为明显,即他并不难于"离别",却是为君主的反复无常而忧伤。

紧接着出现的就是"遭怀作辞"的第二个"主题旋律":

余既滋兰之九畹兮,又树蕙之百亩;
畦留夷与揭车兮,杂杜衡与芳芷。
冀枝叶之峻茂兮,愿俟时乎吾将刈;
虽萎绝其亦何伤兮,哀众芳之芜秽!
众皆竞进以贪婪兮,凭不厌乎求索;
羌内恕己以量人兮,各兴心而嫉妒。
忽驰骛以追逐兮,非余心之所急;
老冉冉其将至兮,恐修名之不立。
朝饮木兰之坠露兮,夕餐秋菊之落英;
苟余情其信姱以练要兮,长顑颔亦何伤!
揽木根以结茝兮,贯薜荔之落蕊;
矫菌桂以纫蕙兮,索胡绳之纚纚。
謇吾法夫前修兮,非世俗之所服;
虽不周于今之人兮,愿依彭咸之遗则。

这一节清楚说明,屈原曾致力于培养"人才",想共同来实现"美政"。

这一节清楚说明,屈原曾致力于培养"人才",想共同来实现"美政"。然而他所培养的人后来都变质了;楚国朝廷上又充塞着竞进贪婪、兴心嫉妒的败类，难以找到志同道合的伙伴。诗人是完全孤立了，尽管他信守原则，坚持高洁，但那孤独无援的忧伤却是溢于言表的。

再往下表述“朝谇夕替，九死未悔”；“灵修浩荡，不察民心”；“众女谣诼，吾独穷困”等意思的各个小节，都是一再抒述两个“主题旋律”，表现所遭的两种忧患；只是在层层深入地揭示现实矛盾的基础上，使他的忧愤得到越来越深刻的表现。至于这一大段的最后一节（“悔相道之不察兮”至“岂余心之可惩”），则是诗人在矛盾不能解决、忧愤无法消除的情况下，为自己设想的一条退路，“进不入以离尤兮，退将复修吾初服”；也就是脱离楚国的政治现实，独善其身，保持高洁。忧愤之余的这种设想，在后面两大段中也是一再有所呼应的。

总之，在《离骚》的第一大段中，“遭忧作辞”的各个方面已经有了充分的表现，所以这一大段也不妨视为全篇的一个缩影。

总之，在《离骚》的第一大段中，“遭忧作辞”的各个方面已经有了充分的表现，所以这一大段也不妨视为全篇的一个缩影。在以下的两大段中，《离骚》的两个“主题旋律”将通过想象、幻想的形式反复“变奏”，直贯全篇，这将在以下两节中分别论述。

《离骚》第二大段一开头，先假设有个老大姐（女媭）责备诗人，说他不能随俗附众，偏要独标高洁，是取祸之道。

四 求女、周游说

《离骚》第二大段一开头，先假设有个老大姐（女媭）责备诗人，说他不能随俗附众，偏要独标高洁，是取祸之道。诗人听了不服，便想象去向古帝重华（虞舜）诉说自己的主张与志行。在得到重华的默默赞许之后，便幻想上叩天门，要见上帝，但为阍者所拒。于是又从天上下来寻求贤美之女，先后三次想通情于宓妃、简狄、二姚，但都没有成功。这便是《离骚》中著名的“叩阍”与“求女”，它们构成了第二大段的主要内容。

这便是《离骚》中著名的“叩阍”与“求女”，它们构成了第二大段的主要内容。

“叩阍”、“求女”虽然都是幻想，但根据《离骚》的文例，它们必有比喻的意义。其中关于“叩阍”的含义，古今人的看法大都一致，即认为是比喻诗人仍想见到楚怀王，通过剖诉重新取得理解与支持，以实行“美政”；然而终于为当事者所阻，以致投诉无门。这个看法是正确的，它说明“叩阍”即《离骚》第一个“主题旋律”的“变奏”。由于对“叩阍”比喻意义的解释基本上没有分歧，所以不必再多作分析。

至于三次“求女”究竟意味着什么，却似乎成了不解之谜。古今人于此甚多歧说，但大致可分为两类，即“求贤说”与“求君说”。前者以王逸《楚辞章句》为代表，如关于求宓妃一事，注曰：“宓妃，神女，以喻隐士。言我令云师丰隆乘云周行，求隐士清洁若宓妃者，欲与并心力也。”又关于求简狄注曰：“言己望见瑶台高峻，睹有娀氏美女，思得与共事君也。”又关于求二姚注曰：“屈原设至远方之外，博求众贤，索宓妃则不肯见，求简狄又后高辛，幸若少康留止有虞，而得二妃，以成显功。”“求君说”则以朱熹《楚辞集注》为代表，注者在“哀高丘之无女”句下明确指出：“女，神女，盖以比贤君也。于此又无所遇，故下章欲游春宫，求宓妃，见佚女，留二姚，皆求贤君之意也。”

至于三次“求女”究竟意味着什么，却似乎成了不解之谜。

那么，“求贤说”与“求君说”究竟何者为是呢？首先，把“求女”问题放到《离骚》的整体结构中去看，就可以看出“求君说”是不可能符合作者原意的；“求贤说”则大致正确，但王逸的说法有不够确切之处。从整体结构上可以提出的论证理由有以下两条：

第一，从以上对《离骚》三大段内容的概括可以看出，《离骚》

第二大段只是以超现实想象的形式来再现第一大段所表现的现实内容(之所以要作这样的再现,则是为了更深入地表现斗争的曲折与顽强,也可以说是为了更加深入地抒情述志)。因此,第一大段已经充分表现了的两个"主题",也必然要在第二大段中"变奏"重现。研究者既然一致肯定"叩阍见拒"为第一"主题"的"变奏",即表现得不到君主了解与信任的忧愁;那么,"求女不成"显然就是第二"主题"的"变奏",即表现处境孤立、无伴无援的忧愁。

第一大段已经充分表现了的两个"主题",也必然要在第二大段中"变奏"重现。

第二,部分研究者之所以会把"求女"误解为"求君",乃是由于误认为诗人在这一大段中已经表现了去国远逝的设想,因而说他想要到别国去"求君"。但从整体结构上却可以看出,去国远逝的设想要在第三大段中才合乎逻辑地出现;一、二两大段始终是表现诗人在楚国曾做的无比艰巨的努力。其间虽亦写到周游天上、行程遥远,却只是为了强调在楚国进行斗争和追求是何等的艰难。既然诗人在这一段中尚未表现离开楚国的设想,而"叩阍"的一节又已用了一个无法见到的上帝来比喻楚怀王,那么怎能再以四个贤女(宓妃、简狄、二姚)来比喻他想要追求的贤君?难道他想要撤掉楚怀王,换上一个他所挑选的贤君?显然,这种思想是不可能出现在屈原这样一个历史人物的脑子里的。有人也许认为,"叩阍"、"求女"都不过是幻想的比喻,怎能认真计较呢?要知道幻想与比喻也是反映现实的,也是受主体的思想认识指导的,所以有些事情对有些人来说是无法想象的,而无法想象的事情当然更不会用比喻去表现它。前人读《离骚》比较缺乏整体观念和逻辑发展观念,不大注意各个局部之间的联系与区别,往往只因表面的相似而把局部的意思扩散开去,使人感到《离骚》的内容多有杂糅与重复。例如不少旧注凡遇篇中说到周游之处,便一概认为这是

这种思想是不可能出现在屈原这样一个历史人物的脑子里的。

想去国远逝，殊不知诗人也曾用想象的周游来表现他在楚国的追求。正因为如此，所以第二大段的周游与第三大段的周游是大有不同的，在含意上是绝不重复的。旧注由于看不清二者的区别，因此虽然明明知道“叩阍”已是比喻求君，却仍然认为接下来的“求女”还是在比喻求君，而这是完全违背事理的，楚国只有一个君主，哪能任意选择和追求？《离骚》第二大段结尾，也就是紧接着“叩阍”与“求女”之后，诗人明确地说：“闺中既以邃远兮，哲王又不寤。怀朕情而不发兮，余焉能忍与此终古。”这就是对两个“主题旋律”合作一结：“闺中邃远”结孤立无援之忧，“哲王不寤”结不得于君之忧。结构如此明确和严密，则“求女”为第二“主题”的“变奏”还有何疑？

第二大段的周游与第三大段的周游是大有不同的，在含意上是绝不重复的。

除了以上从整体结构上提出的理由之外，从《离骚》中还可以找到一段表现为确切词句的证据，来证明“求女”是比喻寻求志同道合的人，是寻求君主以外的贤人的了解与支持。这就是第三大段中诗人在听了巫成降神所做指示以后的一番思考：

从《离骚》中还可以找到一段表现为确切词句的证据，来证明“求女”是比喻寻求志同道合的人，是寻求君主以外的贤人的了解与支持。

何琼佩之偃蹇兮，众薆然而蔽之。
唯此党人之不谅兮，恐嫉妒而折之。
时缤纷其变易兮，又何可以淹留。
兰芷变而不芳兮，荃蕙化而为茅。
何昔日之芳草兮，今直为此萧艾也！
岂其有他故兮，莫好修之害也。
余以兰为可恃兮，羌无实而容长；
委厥美以从俗兮，苟得列乎众芳。
椒专佞以慢慆兮，榝又欲充夫佩帏；

既干进而务入兮，又何芳之能祗？
固时俗之流从兮，又孰能无变化？
览椒兰其若兹兮，又况揭车与江离？
唯兹佩之可贵兮，委厥美而历兹；
芳菲菲而难亏兮，芬至今犹未沬。
和调度以自娱兮，聊浮游而求女；
及余饰之方壮兮，周流观乎上下。

这一节讲“兰芷不芳”、“荃蕙为茅”等等，对于以上第一大段所揭示的第二“主题”（见前引“余既滋兰之九畹兮，又树蕙之百亩”一节）来说，是何等紧密的呼应。而作者在讲了一系列“芳草”变质之后，明确指出：“和调度以自娱兮，聊浮游而求女；及余饰之方壮兮，周流观乎上下。”这就清楚说明了周游“求女”乃是为了寻求真正的、不变质的“兰蕙”之类，也就是志同道合的人，以缓解孤立无援之忧。“求女”是第二“主题”的“变奏”，真是明白之极，确然无疑。因为这是作者本人提供的答案。

“求女”是第二“主题”的“变奏”，真是明白之极，确然无疑。因为这是作者本人提供的答案。

在这里还有必要谈到持“求君说”者心中的一层疑虑。他们总认为屈原是个男人，说他想去追求古代贤妃为自己的伙伴，未免不伦。其实《离骚》中的确有些地方是以男女关系比喻君臣关系的，第一大段中说“众女嫉余之蛾眉兮，谣诼谓余以善淫”，便是确证。第二大段一开头之所以假托有个老大姐式的人物（女媭）来进行规劝，也是套用了古代贵族妇女要受师、保约束的模式；并非如旧注所说是屈原的姐姐在责劝弟弟。《周易·坤·文言》：“坤，地道也，妻道也，臣道也。”可见“妻道”通于“臣道”，《离骚》中的“求女”也正是本着这种精神来写的；作者自比为女性，所以并不对追求上古贤妃为伴有任何嫌疑。现实中的“众女”既然都“嫉余之蛾眉”,那么除了神话世界之外,又到哪里去寻求真正的伙伴呢?同时。屈原寻求伙伴居然着眼于宓妃、简狄、二姚这样一些“元妃级”的人物,这也透露了一个消息,即他在楚怀王朝中所当的“左徒”,并非官卑职小,人微言轻,而确实是主要的辅弼重臣之一,完全有可能在变法革新中发挥关键的作用。

现实中的“众女”既然都“嫉余之蛾眉”,那么除了神话世界之外,又到哪里去寻求真正的伙伴呢?

关于“求女”问题,还要附带说一点。王逸在《离骚序》中说“宓妃佚女,以譬贤臣”,又在注释各次“求女”时说“女以喻臣”、“冀得同志”、“与俱事君”、“博求众贤”等等,可以说他基本上是了解“求女”之意的。但为什么说他的说法还不够确切呢?因为他说这些话没有充分考虑屈原的处境。他所强调的是为国求贤,却不曾去想屈原已经落到那般境地,自身都难保了,还怎能代表楚王朝去寻求贤人?当初他“滋兰”、“树蕙”,倒确实想储为国用,但那早已成为往事。到了写作《离骚》的时候,为国求贤已经没有他的份了;因此他所追求的,主要是有人能赞同他的理想和主张,能为他诉衷辨冤,或至少给以精神上的支持。

他所追求的,主要是有人能赞同他的理想和主张,能为他诉衷辨冤,或至少给以精神上的支持。

在第二大段中,还有个问题需要谈一谈,那就为了“叩阍”、“求女”而作的周游。这个问题之所以值得一谈,是因为它有助于说明《离骚》构思的严密性。

古往今来许多读《离骚》的人,大概都觉得“叩阍”、“求女”过程中的这番周游,无非是驰骋幻想,想到哪里便说到哪里,其间是并无什么程序可以分析的。只有清人谢济世看得比较精细。虽然他所著的《离骚解》不算一个很有质量的注本;加以篇幅短小,只附见于谢氏的《梅庄杂著》,所以《楚辞》研究者一般都未予注意。但《离骚解》在解释“叩阍”、“求女”的周游时,有三条相关联的注

文却是发前人之所未发,很值得参考:

一是注“朝发轫于苍梧兮,夕余至乎县圃;欲少留此灵琐兮,日忽忽其将暮”四句,谢氏说:“第一日朝发夕至,误以仙居为帝居。”

二是注“饮余马于咸池兮,总余辔乎扶桑;折若木以拂日兮,聊逍遥以相羊”四句,谢氏说:“第二日日出命驾,日入犹未息驾。折枝拂尘,聊且散步。”

三是注“鸾皇为余先戒兮,雷师告余以未具;吾令凤鸟飞腾兮,继之以日夜。飘风屯其相离兮,帅云霓而来御;纷总总其离合兮,斑陆离其上下”八句,谢氏说:“第三日传命速驾,如鸟斯飞,继日继夜;已而将至,风云并起,似乎雨亦随来者;其奈风则飘而霓又见何?似此光景。帝恐难见。”

应该指出,谢氏对三天周游的分法并不完全准确。但他至少已经看出,屈原想象中的周游在时间上不是混成一团,不是想到什么便说什么,而是在叙事上表现了一个时日的程序。这种理解是正确的。有的研究者也许会说,《离骚》中写周游求索不过是一种幻想,并非实事;若去分辨第一天干了什么,第二天又干了什么,岂不是太迂了?这种质疑可以理解。然而屈原在想象中的周游的确是分了三天,这说明构思中有过考虑;因此后人读《离骚》也就应该按其原文之意来理解。而且,在前人的注释中,又确有因为不了解“三天”之分而弄乱了层次、曲解了词句的;说《离骚》“乱辞无绪”,重复杂沓,也都与看不出作者的精密构思有关系。所以,周游的时序问题还是值得一辩的。

然而屈原在想象中的周游的确是分了三天,这说明构思中有过考虑;因此后人读《离骚》也就应该按其原文之意来理解。

《离骚》第二大段中的周游,的确历时三日,其准确划分应该是这样的:

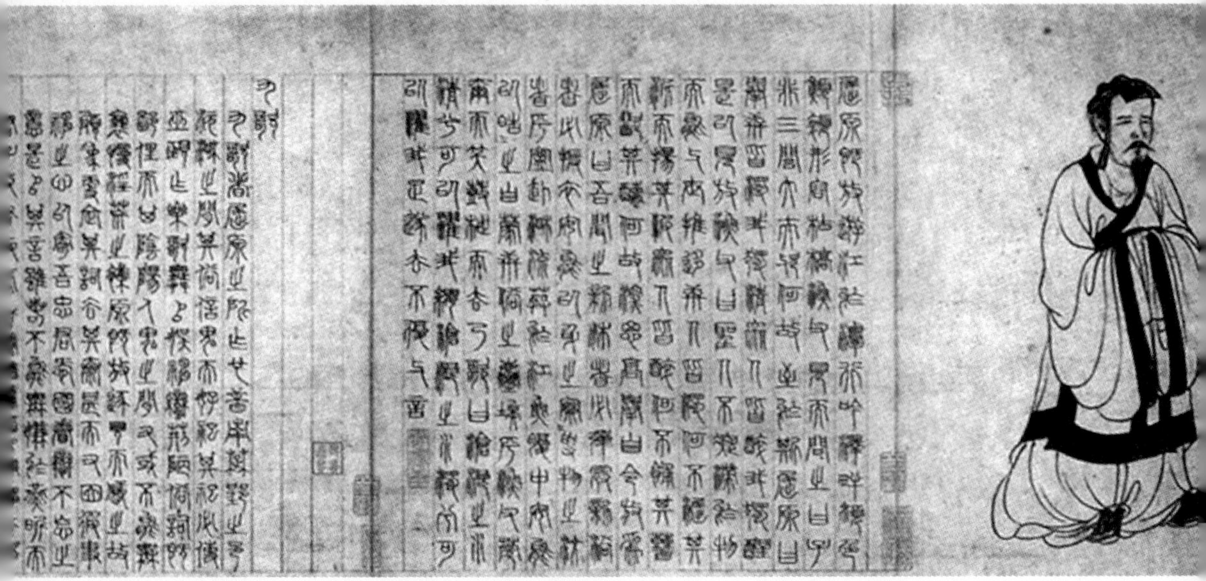

>>>

古代中国画
《屈原像》。

第一日：紧接着向重华陈辞，在“既得中正”、“乘鹥上征”之后，说“朝发轫于苍梧兮，夕余至乎县圃；欲少留此灵琐兮，日忽忽其将暮”。这是明明白白叙述了一天的行程。这一天一无所得，所以到了傍晚时说：“吾令羲和弭节兮，望崦嵫而勿迫；路曼曼其修远兮，吾将上下而求索。”表现了虽已日暮，仍急于求索的心情。

这一天一无所得，表现了虽已日暮，仍急于求索的心情。

第二日：“饮余马于咸池兮，总余辔乎扶桑；折若木以拂日兮，聊逍遥以相羊”四句，写的又是从早出发，到傍晚仍无所得；因此诗人想象驱望舒（月神的御者）、属飞廉，令鸾皇先戒，凤鸟飞腾，准备夜以继日地进行求索。幸而不久就找到了天门之所在，但诗人“令帝阍开关”，司阍者却不予理睬。因此诗人慨叹“时暧暧其将罢兮，结幽兰而延伫；世溷浊而不分兮，好蔽美而嫉妒。”其中“时暧暧其将罢”一句是与“折若木以拂日”紧密呼应的，说明“叩阍”一事仍发生在日暮之时。谢济世因原文有“继之以日夜”一句，便将奔赴天门一节断在“第三日”；实则“继之以日夜”只说明诗人曾准备“夜战”，所以还动员了“望舒（月御）”；但事实上未到黑夜降临便找到了天门，而且在那里吃了闭门羹。

事实上未到黑夜降临便找到了天门，而且在那里吃了闭门羹。

第三日：从“朝吾将济于白水兮”起，清楚说明这是又一天的开始，与前两日以“朝发轫于苍梧”、“饮余马于咸池”为开端的体例完全一致。整个周游过程中前后三次从早上出发说起，充分表现周游共为三日，极其明白。不过这第三天的事情比较多，先后三次“求女”，都无结果。最后也不像前二天那样清楚交待傍晚时的心情。而是在“求女”失败之后结束了想象，转入了现实：“世溷浊而嫉贤兮，好蔽美而称恶。闺中既以邃远兮，哲王又不寤。怀朕情而不发兮，余焉能忍与此终古！”把“叩阍”与“求女”共作一结。

这第三天的事情比较多，先后三次“求女”，都无结果。

以上就是“周游三日”的情况。当然，屈原所表现的不过是种种想象，想象在进行中未必有什么明确的时日程序；但想象的结果表现在创作中却一定是经过选择和整理的。有人说屈原这种想象是“意识流”在中国文学中的最早表现，好像归之于“意识流”便突出了意识活动的混乱原貌，是未经整理而无内在逻辑可言的。实际上即使是近世西方的“意识流”作品，无论它表现了多么大的时序颠倒和空间错乱，它也不是想到哪里便写到哪里的，而是经过选择与整理的；不过作者故意要选择和整理成那样，以图表明这就是意识活动的原貌。正如在心理学上首创“意识流”学说的威廉·詹姆斯所说：“意识始终是对于它的对象的一部分，比另一部分更感兴趣；并且在思想进行的全部时间，都在欢迎这个，拒绝那个，换言之，都在选择。”他还强调指出：“再转到审美的领域内，我们的公例就更明显了。美术家是出名选择他的节目的，他摈弃一切彼此不相调和或是与他作品的主题不调和的浓淡、色彩和形状。统一、调和、‘特性的辏合’，所以能使美术品胜过天然物，完全是由于剔除。”（威廉·詹姆斯《心理学》第十一章，见《西方心理学家文选》）可见，真正的艺术创作没有不经过有意识的选择与整理的。何况《离骚》中的想象根本不是什么“意识流”的表现，作者也丝毫无意于再现意识活动的混乱多变，他是高度自觉地对他的想象活动进行了选择与整理。整个周游过程不仅鲜明地表现了《离骚》的两个“主题旋律”，而且其外在表现形式（时序发展与空间转换）也完全是有序的。当然，作者在构思和表现上的这种有序性，目的并不在于强调他想象中的周游一共用了三天时间，他主要是为了清晰显示叙事抒情的层次；并以一再表现他从早到晚的追求，来概括他当时倾其全力在政治上寻求出路的处境与心情。后人之所以应该准确了解《离骚》周游的有序性，也只是为了清楚地

想象在进行中未必有什么明确的时日程序；但想象的结果表现在创作中却一定是经过选择和整理的。

真正的艺术创作没有不经过有意识的选择与整理的。

认识《离骚》这一段在叙事抒情上的层次，从而准确感受诗意的发展和情感的波澜，而不要轻率地得出“乱辞无绪”的结论。

“周游三日”的层次是清楚的，但在前人注释中还是多有混淆与曲解，而问题则主要集中在“第二日”上。

“周游三日”的层次是清楚的，但在前人注释中还是多有混淆与曲解，而问题则主要集中在“第二日”上。“第二日”的主要“节目”出现在傍晚（指叩阍不纳），因此这一日先讲了“饮余马于咸池兮，总余辔乎扶桑；折若木以拂日兮，聊逍遥以相羊”四句，意思是已经空跑了一天。在这里，注释错误较为集中的是清人徐焕龙，他在《屈辞洗髓》中说：

> 若木，即扶木，最柔顺而文理。拂，拭也。逍遥，相羊，从容游玩之态。但令“羲和弭节”，犹恐难稽日轮，于是“饮马咸池”，“总辔扶桑”，身就其所浴所出之地，折若木以拂拭之，而语之“聊逍遥以相羊”，无疾驰而遽暮。盖抚慰大明之词，非三闾聊以遨游也。

这段话包含了三个错误。

这段话包含了三个错误。其中之一是他把“折若木以拂日”描写成“哄孩子”那样，对太阳进行“拂拭”与“抚慰”，哄它不要跑得那么快，不妨“聊逍遥以相羊”。这情景倒很有一点意思，无奈不合诗人的原意。固然“拂”是可以解释为“拂拭”的，但这里的“拂”却应训为“逆”，读如《大雅·皇矣》“四方以无拂”、《礼记·大学》“是谓拂人之性”、《孟子·告子下》“行拂乱其所为”之“拂”；“拂日”即逆之而使不得西坠之意。王逸《楚辞章句》训“拂”为“击”，说“折取若木，以拂击日，使之还去”，又说“或谓拂，蔽也，以若木障蔽日，使不得过也”，也都是可通的。至于徐氏把“聊逍遥以相羊”归之于太阳，那就更是曲解了。不过，徐氏这一错误与周游的时序并无直接关系，且不多说。下面着重谈谈徐说与周游时序有关的另外两个错误：

第一，他对“第一日”、“第二日”不加区别，因此把“折若木以拂日”视为“令羲和弭节”的继续，二者是同一个傍晚的事情。这一错误稍后又为朱冀所继承，朱氏在其《离骚辩》中说：

> “若木拂日”者，日欲入则光微，拂拭之欲其明也，然止借以点缀日暮起下。“相羊”，谓此时不妨停车自适耳。并无鲁阳挥戈意。不然，又与“羲和弭节”犯重矣。

朱氏因为和徐氏一样把“两天”混为“一天”，所以以“犯重”为嫌；殊不知这里正需要“犯重”，但不是在“一天”（亦即一个层次）内的无谓重复，而是说“第二天”与“第一天”一样，到了傍晚便希望太阳不要很快西坠。“折若木以拂日”的用意的确是与前一天“令羲和弭节”相同的，它们乃是在两个层次之内变换了词句来表现同一种心情。徐氏、朱氏是因为未看明周游的时序，混淆了诗意的层次，因此无法理解既然已经说了“令羲和弭节”。为什么还要来一个“折若木拂日”，于是便不得不寻求对词句的曲解。

为什么还要来一个“折若木拂日”，于是便不得不寻求对词句的曲解。

第二，徐氏说“若木即扶木”，这是把“若木”与“扶桑”混为一谈。他不知“饮余马”四句是表现了一个时间上从早到晚、空间上由东到西的过程，不了解“折若木”已经是傍晚到了西极的事情，却把它与早晨发生在东方的“饮马咸池”、“总辔扶桑”二事混淆在一起。在他看来，所谓“折若木拂日”无非就是在太阳“所浴所出”之地，随手就从“扶桑”树上折下一枝“若木”来。对太阳“拂拭”一番，这真是对诗意的极大误解。不过徐氏的《屈辞洗髓》一书在后比较严重的问题是，清人段玉裁在其名著《说文解字注》中也把"扶桑"与"若木"合而为一，这才对《离骚》此节的解释产生深远的影响，使诗人所想象的"第二日"的行程不能为人所准确了解。

世（特别是近代）流传不广，所以他的错误也没有发生很大的影响。比较严重的问题是，清人段玉裁在其名著《说文解字注》中也把"扶桑"与"若木"合而为一，这才对《离骚》此节的解释产生深远的影响，使诗人所想象的"第二日"的行程不能为人所准确了解。

段玉裁的说法是："《离骚》'总余辔乎扶桑'、'折若木以拂日'二语相联，盖若木即谓扶桑，扶若字即榑叒字也。"（《说文解字注》"叒"字注）当然，段氏从音义上说"若木"即"扶桑"是有道理的，只是他没有顾及《离骚》的文义；只看到"扶桑"、"若木"二语相联，却没有看出两句话已经概括了在太空中从东到西又跑过一趟，也没有看出两句话已经表现了从早到晚的时间变化。

"扶桑"与"若木"在古代神话中都是与太阳有关的大树，它们的名称虽有可能相同（扶桑即若木），可是却并非只有一棵，而是东极、西极各有一棵。屈原在"饮余马于咸池"四句中，就是借助神话中东西两棵大树来表现从早上到晚上、从东方到西方的周游。《淮南子·天文》篇说："日出于旸谷，浴于咸池，拂于扶桑，是谓晨明；登于扶桑，爰始将行，是谓朏明。"高诱注："朏明，将明也。"又《说文·木部》："榑桑，神木，日所出也。"又《说文·叒部》："叒，日初出东方汤谷所登，榑桑，叒木也。"（段注："按当云'叒木，榑桑也，日初出东方汤谷所登也'。"按段氏此说可参。）由此可见，"扶桑（榑桑）"是神话中矗立在东方日出处的一棵大树，古今说者均无歧义。

"若木"的情况又是怎样呢？

那么，"若木"的情况又是怎样呢？王逸《楚辞章句》说："若木在昆仑西极，其华照下地。"又《山海经·大荒北经》："泂野之山，上有赤树，青叶赤华，名曰若木。"郭璞注："生昆仑西，附西极，其华光赤下照地。”这已清楚说明它是神话中矗立在西方日入处的大树，与东方的“扶桑”遥遥相对。至于“若木”在音义上与“榑桑”相同，这最早是由宋代王观国在《学林》中指出：“《玉篇》、《广韵》皆曰‘叒，而灼切。榑叒，叒木也’，然则榑叒即扶桑也，叒木即若木也。”但王氏又说：“扶桑者，日出之处；若木者，日入之处。‘折若木以拂日’者，日既西矣，犹能折若木以挥拂其日，使之不暮，而我尚逍遥安舒以游也。”可见王氏是兼顾了文字的音义和《离骚》的文义的，他不过是说东方西方两棵大树的名称其实相同而已。这个问题，后来在清代郝懿行的《山海经笺疏》中更得到了明确的解决：

这已清楚说明它是神话中矗立在西方日入处的大树，与东方的“扶桑”遥遥相对。

> 若，《说文》（六）作叒，云“日初出东方汤谷所登；榑桑，叒木也。象形。”今案《说文》所言是东极若木，此经（按：指《大荒北经》）及《海内经》所说乃西极若木，不得同也。《离骚》云“折若木以拂日”，王逸注云：“若木在昆仑西极，其华照下地。”《淮南子·地形训》云：“若木在建木西，末有十日，其华照下地。”皆郭（璞）注所本也。又《文选·月赋》注引此经，“若木”下有“日之所入处”五字。《水经·若水注》引此经，“若木”下有“生昆仑山西，附西极”八字，证以王逸《离骚》注“若木在昆仑西极”，则知《水经注》所引八字，古本盖在经文。今误入郭注尔。

以上所引的材料和考释，显然已充分说明了扶桑在东，若木在西。然而最为确凿而必须重视的证据，毕竟还是《离骚》本文。在“饮余马于咸池兮，总余辔乎扶桑；折若木以拂日兮，聊逍遥以相

最为确凿而必须重视的证据，毕竟还是《离骚》本文。

羊”四句中，前二句写的是时间空间大致相同的相联之事，“扶桑”就在“咸池”之旁，“咸池”既为太阳初出时所浴之池，则“扶桑”当然也就在东方日出之处。至于后二句，则因其下文紧接着说“前望舒使先驱”，可知其所写的“拂日”、“逍遥”等事必发生在日暮之时、西方日落之处。因为如果这两句仍在写东方和早上，则一天的求索还刚刚开始，当天有无结果全然不知，何至于便要动员月御望舒准备夜间活动呢？所以《离骚》的行文是极为清楚明白的，若不是徐焕龙、段玉裁等人阅读原文过于粗疏，造成混乱，本来是用不着做什么考证的。

如果这两句仍在写东方和早上，则一天的求索还刚刚开始，当天有无结果全然不知，何至于便要动员月御望舒准备夜间活动呢？

《离骚》第二大段所写的三日周游，不但时序分明，而且各天的起止之地也都写得清楚。由于周游求索是在向虞舜陈词并得到默许之后开始，所以第一天“朝发轫于苍梧”（相传虞舜死在苍梧之野），傍晚就到了昆仑山的县圃；但诗人并未在想象中止息，他还要“上下求索”。第二天的出发点是东方日出之处（咸池、扶桑），从东到西跑了一天，傍晚到了西方日落之处（若木的所在地）；正要准备“夜战”，却终于找到了天门，在“叩阍”被拒之后，并未说落脚在何处；但第三天一开始说“朝吾将济于白水兮”，白水出于昆仑山，可见第二天最后又回到昆仑，而第三天则从昆仑出发。昆仑在整个周游中显然是一个主要据点或中转站。第三天从昆仑出发后，三次“求女”无成，未再说明止于何处，因为在这一大段的最后诗人已从想象世界回到现实中来了。由此可见，周游在空间上也是有序的。整个周游过程最使人感到杂乱，然而实际上却是层次分明；剖析全文中的这一个局部，或许有助于说明《离骚》构思之精密。

周游在空间上也是有序的。

五 问卜、降神解

《离骚》第三大段一开始，就接连写了诗人设想请灵氛占卜、巫咸降神，以决定行止去留。古今研究者对这两节的解释很有分歧，主要是因为难以理解它们之间的关系：既然已经占卜了，为什么还要降神？这个问题无法避而不谈，因此便有种种解释。例如明代汪瑗在《楚辞集解》中说：

《离骚》第三大段一开始，就接连写了诗人设想请灵氛占卜、巫咸降神，以决定行止去留。

> 欲从灵氛之占而远去也，则我之前此远游历览亦遍且久矣，而卒未有所遇也。使我不从灵氛之言而终止也，则其占又吉，而神岂欺我也？故再要巫咸以占之，而审其果有所遇不遇，以决其去不去之疑焉。

这个说法是讲不通的，而其致误之由则相当典型，即汪氏和许多注者一样，把上文（第二大段）的"远游历览"与下文的"去国远逝"混为一谈，而不知"去国远逝"乃是新的设想，也是新的课题，所以要问卜决疑，以决定走还是不走。若说"去国远逝"与"远游历览"是同一个内容，则上文已写了那么多的周游，何以事先不去问卜，直到此处重新又要周游才去问卜呢？由此可见，问卜是要求解决新的疑虑，不是为继续上文的周游。试看诗人的问卜之辞说得多么明白："思九州之博大兮，岂唯是其有女？"仅此二句已充分说明，上文所写是在此地（楚国）"求女"，而下文则要到"九州"去"求女"。诗人是因为在"此地求女"失败了，所以才想要到"九州求女"的，怎么又会因为过去的失败经验而怀疑灵氛关于"远逝"的"吉占"呢？这显然是不合思想活动逻辑的。又，清代徐焕

这显然是不合思想活动逻辑的。

龙在《屈辞洗髓》中说：

> 巫咸，古神巫，术更胜于灵氛者……欲其决灵氛之占果当从否。

这个说法的弊病是没有想到屈原讲占卜和降神都不过是想象设譬，是做文章；灵氛占卜出什么结果来，屈原心中早有构思，那么既然信不过灵氛，又可以找到比灵氛本事更大的人，又何必多此一举先找灵氛呢？况且，徐说巫成本事比灵氛大，这也毫无根据。《山海经·大荒西经》讲到“灵山十巫”，其中巫咸、巫肦（即灵氛，“灵”即“巫”，“肦”通“氛”）是并列的，怎能强分高下？

这个说法的弊病是没有想到屈原讲占卜和降神都不过是想象设譬，是做文章；灵氛占卜出什么结果来，屈原心中早有构思，那么既然信不过灵氛，又可以找到比灵氛本事更大的人，又何必多此一举先找灵氛呢？

正因为汪、徐这类解释都过于牵强，因此有人便想从灵氛、巫咸所说的意思上来加以区别。本来，关于灵氛、巫咸究竟说了什么意思，前人看法是一致的，都认为他俩均劝屈原去国远逝；至晚清梅曾亮始有异说，谓“灵氛劝其去而之他，巫咸则欲其留以求合”（《古文辞略》）。后来吴汝纶在《古文辞类纂评注》中引用梅说，表示同意，并认为巫咸所说的“勉升降以上下”就是“与世浮沈”。这种说法在近代研究者及新注本中也有加以采用的；但根据上下文看，却实在讲不通。固然它似乎解决了问卜、降神重复叠出的问题，但从文义上看，灵氛叫诗人“远逝”，诗人是因为“心犹豫而孤疑”，所以才去请教巫咸的；若说巫咸的意思是叫诗人留下来，那下文怎么又说“灵氛既告余以吉占兮，历吉日乎吾将行”，并终于“远逝以自疏”了呢？实际上设想远逝乃是诗人的既定构思，所以中间完全不必要，也不可能再想象有一个巫咸来劝他留下。至于“勉升降以上下”的意思，则正如汪瑗所说，“言上下则四方可知矣”，是概括了上下四方的，不应该机械地理解为仅在楚国本土直上直下。况且巫咸最后说到“及年岁之未晏兮，时亦犹其未央；恐鹈鴂之先鸣兮，使夫百草为之不芳”，显然是劝诗人积极追求，而不是叫他滞留待时，“与世浮沉”。

显然是劝诗人积极追求，而不是叫他滞留待时，“与世浮沉”。

纵观已有的注释，的确没有一种较为合理的说法。即使多数人均认为灵氛与巫咸都劝屈原远逝，却又讲不清两种劝告的区别，因而仍不免以重复为疑。这样，“灵氛占卜”与“巫咸降神”似乎又成了不解之谜。

其实，从《离骚》的整体结构上看，问题是很容易解决的。“问卜”以后之所以还要加一个“降神”，只不过是《离骚》的两个“主题旋律”的又一次变奏而已；其情况正如第二大段中写了“叩阍”之后还要写“求女”一样。不过，第二大段的“叩阍”、“求女”是以想象的形式表现诗人在楚国本土的两种追求；而第三大段的“问卜”、“降神”则是考虑是否要到楚国以外去继续两种追求。试看灵氛、巫咸分别讲了些什么话：

> 索藑茅以筳篿兮，命灵氛为余占之。
> 曰：(按：此下四句为屈原问卜之语。)
> “两美其必合兮，孰信修而慕之？
> 思九州之博大兮，岂唯是其有女？”
> 曰：(此下为灵氛答词。)
> “勉远逝而无狐疑兮，孰求美而释女(汝)？
> 何所独无芳草兮，尔何怀乎故宇？
> 世幽昧以昡曜兮，孰云察余之善恶？

民好恶其不同兮，唯此党人其独异？
户服艾以盈要兮，谓幽兰其不可佩。
览察草木其犹未得兮，岂珵美之能当？
苏粪壤以充帏兮，谓申椒其不芳。”

欲从灵氛之吉占兮，心犹豫而狐疑。
巫咸将夕降兮，怀椒糈而要之。
百神翳其备降兮，九疑缤其并迎。
皇剡剡其扬灵兮，告余以吉故。
曰：（按：以下为巫咸之词。）
“勉升降以上下兮，求榘矱之所同。
汤、禹严而求合兮，挚、咎繇而能调。
苟中情其好修兮，又何必用夫行媒？
说操筑于傅岩兮，武丁用而不疑。
吕望之鼓刀兮，遭周文而得举。
宁戚之讴歌兮，齐桓闻以该辅。
及年岁之未晏兮，时亦犹其未央；
恐鹈鴂之先鸣兮，使夫百草为之不芳。

前一段主要是灵氛所说的话，其中无一语及于君臣关系，说的都是楚国世俗之众不辨美恶，在这样一些人中，是找不到志同道合者的。

前一段主要是灵氛所说的话，其中无一语及于君臣关系，说的都是楚国世俗之众不辨美恶，在这样一些人中，是找不到志同道合者的。再看屈原的问卜之辞，也清楚表明他是问到九州去“求女”是否能成。这都充分说明，“问卜”是要解决寻求伙伴的忧疑，是第二“主题”的“变奏”。再看后一段引文中巫咸假托神灵所示的“吉故”，竟无一条不涉及君臣之间的遇合，这就充分说明，“降神”

是要解决不得于君的忧疑，是第一“主题”的“变奏”。两段的实际内容区别如此清楚，绝无丝毫混淆，这难道会是偶然的？联系全篇的整体结构，紧紧抓住屈原的两种忧患、《离骚》的两条主线，那就不难理解这一大段在想象“问卜”之后，是必须再要想象“降神”的，它们分别解决不同的问题，是两条主线的延续，两个“主题”的“变奏”；若缺其一，即显破残。由此可见《离骚》的创作有何等精密的构思、多么完整的结构！

《离骚》的创作有何等精密的构思、多么完整的结构！

但是，还有一个问题需要加以说明。在《离骚》的第一大段和第二大段中，两个“主题”都是顺次出现的，先第一，后第二；而在第三大段叙述“问卜”、“降神”时，两个“主题”的次序却变换了，先第二，后第一。之所以需要变换，可能因为“问卜”是紧接上一大段的“求女”，所以继续就“求女”发问。但也可能还有更深的考虑：由于在实行政治变革的两种手段中，得到君主的信任和支持是更为主要、更有决定意义的，不得于君的忧患（即《离骚》的第一个“主题旋律”）也是更沉重的，所以，在灵氛明确告以“求女”不成问题之后，诗人仍然觉得“欲从灵氛之吉占兮，心犹豫而狐疑”。必待巫咸告以君臣遇合也不成问题，这才决定想象远逝去国。

既然屈原实际上是听了巫咸降神的指示才决定“出国”的，他为什么要说“灵氛既告余以吉占兮。历吉日乎吾将行”，反而不提巫咸了呢？

但在这里，读者也许要提出疑问：既然屈原实际上是听了巫咸降神的指示才决定“出国”的，他为什么要说“灵氛既告余以吉占兮。历吉日乎吾将行”，反而不提巫咸了呢？关于这个问题，前人有种种解释。如宋代洪兴祖说：“此独曰灵氛者，初疑灵氛之言，复要巫咸，巫咸与百神无异词，则灵氛之占诚吉矣。”（《楚辞补注》）明代汪瑗说：“独曰灵氛者，本其初也。不曰巫咸者，举此以该彼，亦省文耳。”（《楚辞集解》）这两种说法较有代表性，却都比较勉强。倒是以下几种说法，也许更能揭示屈子的心事。如清代林云铭说：“不言巫咸，以咸有上下求君之说，不忍言也。”(《楚辞灯》)又，清代顾成天说：“舍巫咸而单举灵氛，去国之意虽同，而遇合难言也。”(《离骚解》)又，清代张象津说：“不从巫咸之求君，而从灵氛之远逝也。”(《离骚经章句义疏》)这些说法都是很可以参考的。过去有不少注者，因为看不出《离骚》第二大段与第三大段的重大区别(二段不设想去国，三段设想去国)，又不知“求女”与“求君”的区别，所以认为屈原是动不动就要出国求君的，因此《离骚》的内容也是多有重复的。其实屈原除了曾以“叩阍”求见上帝来比喻向楚王辩诉劝谏之外，他作为对楚怀王忠心耿耿之臣，是始终讳言出国求君的。正因为如此，他在向灵氛“问卜时，不难于明确请问“求女”是否有成；而在请巫成“降神”时，却只含糊声称“犹豫狐疑”，不着一语来说明他究竟要向“百神”请问什么，只是通过巫咸假托“百神”的指示来把问题点破。所以当他在想象中决心远逝去国时，只提灵氛之占而不提巫咸，也正有可能如林云铭说，是因为“不忍言也”。果然如此，那就更加可见《离骚》在思想感情的表述上是何等准确而有分寸了。

《离骚》的内容也是多有重复的。

那就更加可见《离骚》在思想感情的表述上是何等准确而有分寸了。

屈原想象过去国，但终于还是不忍离去。他在结语“乱辞”中说：“已矣哉！国无人莫我知兮，又何怀乎故都？既莫足与为美政兮，吾将从彭咸之所居。”这个结语说得明白：“国无人莫我知”就是既不被君主信任，又不被众人理解，两种忧患结为一语；而其之所以为忧患，则根本上是因为不能实现“美政”。《离骚》“遭忧作辞”的旨意于此得到了透彻的表达，而其整体结构也于此得到了最终的完成。

《离骚》在整体上是个“三段、两线、一结”的结构。

总上三节所说，《离骚》在整体上是个“三段、两线、一结”的结构。要想真正了解《离骚》的价值，必须以把它读通为前提；而为了读通，就必须准确把握它本身固有的结构，恰切认明“两条主线”在“三个大段”中的一贯性与变异性，才能充分了解《离骚》各个局部之间既紧密联系又互有区别的关系，以得到真正的艺术理解与感受。《离骚》当然是在激情催动下写出来的诗篇，但它却不是随着情感的冲动想到哪里便说到哪里；全篇无论是整体或局部都在构思过程中有过精心的结撰。强烈的抒情性与具有内在逻辑的完整形式的统一，这是屈原一系列重要辞作的共同特征；而作为代表作的《离骚》，则在这一点上尤有典型的表现。

全篇无论是整体或局部都在构思过程中有过精心的结撰。

作为代表作的《离骚》，则在这一点上尤有典型的表现。

第四章 《九歌》

《九歌》本是上古时代的一种乐歌之名。

所谓乐歌，就是配乐演唱的歌。古代限于条件，乐曲的失传不可补救，而其歌词则较易存传。今本《楚辞》中的《九歌》，即为歌词的一种。但此种歌词所配奏的乐曲，也未必就是更为古老的乐曲《九歌》；只不过它在楚国当日演唱时，楚人仍名之曰《九歌》而已。

《九歌》是经过屈原修改加工的，而且是较大幅度、较为全面的修改加工，因此《九歌》十一篇才在丰富多彩中呈现着内在的统一性，运用不同素材、礼祀不同对象而达到相同的水平。若是屈原仅对《九歌》作一点零碎的加工，就不可能使这一套乐神之歌达到这样的协调与完整。

一 《九歌》的性质与作用

《九歌》本是上古时代的一种乐歌之名。《离骚》说："启《九辩》与《九歌》兮，夏康娱以自纵。"又说："奏《九歌》而舞《韶》兮，聊假日以媮乐。"又《天问》说："启棘宾商，《九辩》《九歌》。"这些就都是证明。

所谓乐歌，就是配乐演唱的歌。古代限于条件，乐曲的失传不可补救，而其歌词则较易存传。今本《楚辞》中的《九歌》，即为歌词的一种。但此种歌词所配奏的乐曲，也未必就是更为古老的乐曲《九歌》；只不过它在楚国当日演唱时，楚人仍名之曰《九歌》而已。再往后，就连楚国所奏的乐曲《九歌》也失传无考了。

《九歌》这种乐歌来源很古，所以先秦时人传为起于夏代，但具体说法又分两类：

一种说法是神话化的，出于古代神话。

一种说法是神话化的，出于古代神话。如《山海经·大荒西经》："西南海之外，赤水之南，流沙之西，有人珥两青蛇，乘两龙，名曰夏后开（按即夏启，汉人避景帝讳改）。开上三嫔于天，得《九辩》与《九歌》以下。此天穆之野，高二千仞，开焉得始歌《九招》。”郭璞注：“皆天帝乐名也，开登天而窃以下用之也。”按照这种说法，《九歌》来源于天上，其为神话化的解释明甚。

另一种说法是历史化的，出于儒家经典。如《周礼·春官·大司乐》：“九德之歌，九磬之舞，于宗庙中奏之。”《左传》文公七年：“《夏书》曰：‘戒之用休，董之用威，劝之以《九歌》，勿使坏。’九功之德，皆可歌也，谓之《九歌》。六府三事，谓之九功。水火金木土谷，谓之六府；正德、利用、厚生，谓之三事。”可见儒家是完全把《九歌》礼乐化了。

另一种说法是历史化的，出于儒家经典。

那么，屈原心目中的《九歌》是属于哪一类的呢？结合《离骚》、《天问》和流传至今的《楚辞·九歌》的实际内容来看，屈原对《九歌》应是接受了前一种说法的。接受这一种说法，就有一点很值得注意，那就是《九歌》的娱乐性质。试看屈原在《离骚》中说：

> 启《九辩》与《九歌》兮，夏康娱以自纵；不顾难以图后兮，五子用失乎家巷(按此句当用王引之说，作“五子用乎家哄”)。

凡是用儒家传统观点来看这四句的，无不导致曲解。如王逸《楚辞章句》说：“启，禹子也。《九辩》、《九歌》，禹乐也。言禹平治水土，以有天下，启能承先志，缵叙其业，育养品类，故九州之物皆可辩数，九功之德，皆有次序，而可歌也。《左氏传》曰：‘六府三事，谓之九功。’九功之德，皆可歌也，谓之《九歌》。水火金木土谷，谓之六府；正德、利用、厚生，谓之三事。夏康，启子太康也。娱，乐也。纵，放也。”王逸因为拘守儒家的传统说法，认定夏启是圣君明王，《九歌》是歌颂功德的教化之具，因此只能把夏王朝统治者因佚乐放纵而导致祸乱归罪于启子太康。这不仅是对"康娱"二字的曲解，并且也使四字原文均不得其解。朱熹则比王逸还要霸道，他因为"《九歌》著于《虞书》、《周礼》、《左氏春秋》"，就断定"其为舜禹之乐无疑"，并竟而声称"屈子为《骚经》，乃有启《九辩》《九歌》之说，则其为误亦无疑"(《楚辞辩证》)。这都是因为不了解屈原所说的《九歌》并非沿袭儒家旧说，而是另有渊源。洪兴祖在《楚辞补注》中已经指出，《离骚》此处所说的《九辩》《九歌》乃是出于《山海经》，是"启登天而窃以下用之"。清代王引之更详辩之曰："自'启《九辩》与《九歌》'以下，皆谓启之失德耳。言启窃《九辩》《九歌》于天，因以康娱自纵于下也；诒谋不善，子姓奸回，故下文有'不顾难以图后'云云也。《墨子·非乐》篇引武观曰：'启乃淫溢康乐，于野饮食，将将铭筦磬以力，湛浊于酒，渝食于野，万舞翼翼，章闻于天，天用弗式。'《竹书》'帝启十年，帝巡守舞《九招》于大穆之野。皆所谓'下康娱以自纵'者也。解者误以'启《九辩》与《九歌》'为美启之词，又误以'夏'为夏后氏之'夏'，是以诘籥为病矣。"(附见王念孙《读书杂志》)这些说法是比较符合《离骚》原意的。(按在王氏的辩说中，把"夏"读为"下"，这一点只能供参考，不一定是确论。)至于"康娱"二字的意思，明代汪瑗在《楚辞集解》中已说："康娱，犹言逸豫也。"清代戴震在《屈原赋注》中更指出："康娱二字连文，篇内凡三见。"所以根本与太康没有关系。原文"启《九辩》与《九歌》兮"以下四句，乃是指启从天上窃取《九辩》《九歌》，夏王朝统治者佚乐纵恣，导致内乱。由此可见，屈原心目中的《九歌》是沿袭了神话传说的，其有关史事者，亦同于《墨子》和《竹书纪年》，而与儒家所传典籍中的记载没有关系。在屈原看来，《九歌》与"功"、"德"之类不甚相干，主要是供娱乐之用，搞

在屈原看来，《九歌》与"功"、"德"之类不甚相干，主要是供娱乐之用，搞得过分了，竟会出乱子。

得过分了，竟会出乱子。《离骚》在后文中又说："奏《九歌》而舞《韶》兮，聊假日以婾乐。"那是诗人幻想去国远逝，在天空中要娱乐一番，所以便奏《九歌》而舞《韶》。另外《天问》"启棘宾商，《九辩》《九歌》"二句，虽然解释纷纭，但大致总是指神话所说的夏启得乐、奏乐之事，而这又无非是为了"康娱"。

以上说的是《九歌》作为乐歌的性质，它在屈原心目中，并不是庄严肃穆用来歌功颂德的，而是一种大规模的娱乐性歌舞。但是，从《楚辞·九歌》的歌词来看，它又同祭祀神鬼有关。这二者如何统一呢？看来只有一种可能，即《九歌》乃是在祭祀活动中起娱神作用的歌舞。试看后世祭神活动中也有神戏、赛会之类的节目，可知在把超自然力量人格化的人看来，神鬼之需要娱乐是极为自然的。《九歌》第一篇《东皇太一》一上来就说："吉日兮辰良，穆将愉兮上皇。"已充分证明了《九歌》的娱神乐神的作用。当然，娱神乐神也只是一个名义，真正享受这种娱乐的还是参观这种活动的世人。所以《东君》篇借太阳神之口明确指出："羌声色兮娱人，观者憺兮忘归。"这两句清楚说明，《九歌》的表演是有观众的，而且有声有色，的确是热闹好看的。

以上说的是《九歌》作为乐歌的性质，它在屈原心目中，并不是庄严肃穆用来歌功颂德的，而是一种大规模的娱乐性歌舞。但是，从《楚辞·九歌》的歌词来看，它又同祭祀神鬼有关。

正因为《九歌》是这样一种性质的祭祀节目，所以它的歌词内容也生动活泼，丰富多彩。它主要表现所祭神鬼的形象，如《云中君》、《东君》是根据云和太阳的特征来想象云神和太阳神的形象；《大司命》、《少司命》则是根据他们的职权来想象他们的形象。《湘君》、《湘夫人》、《河伯》、《山鬼》则除了根据地理特点来想象这些神鬼的形象之外，还想象了他们的爱情生活。《国殇》则是描写楚国将士英勇抗敌和为国捐躯的壮烈场景。只有《东皇太一》较少生动的形象，主要是铺叙祭祀的隆重繁华，气氛也较为肃穆。这大概因为所祭的是上帝，他的身份至高无上，而职务和特点却似不大明确，也不知道他活动在什么样的场景之中；总之是不像其他各篇都有一些参照材料以资想象，所以对东皇太一的描写也就难以生动具体。有人说《东皇太一》并非专祭一神，而是整个祭祀的"迎神曲"，所以着重描写场面安排。这一说法是绝不可信的。本篇一开头就说"吉日兮辰良，穆将愉兮上皇"，王逸注："上皇，谓东皇太一也。"这是完全正确的。若说《东皇太一》是整个祭祀的"迎神曲"，那么河伯、山鬼也在被迎之列，难道他们也能称为"上皇"？又宋玉《高唐赋》说："醮诸神，礼太一。"虽然《高唐赋》是否真为宋玉所作尚无定论，但此赋决不可能晚于汉朝，因此至少可以说明汉人认为楚国是有太一之祀的。但更重要的证据毕竟还在《东皇太一》本身，篇中说到"抚长剑兮玉珥，璆锵鸣兮琳琅"，这就是对主巫所饰的太一形象的描写；只是因为太一过于崇高庄严，所以不像其他各篇中所写诸神那样多有舞蹈动作，而只是类似于后世舞台上出现的艺术"造型"。又本篇下文说到"灵偃蹇兮姣服"，这也是对太一的礼赞，说他仪态高昂，服饰华美。"灵"的本义就是巫，但《九歌》中所说的"灵"不是一般的巫，而是托为有神附体的主巫（说详下文）。所以《云中君》中的"灵"即指《云中君》，《东君》中的"灵"与"灵保"即指东君；而《东皇太一》中的"灵"也就是指东皇太一。本篇既然出现了"灵"的形象，那就是专祀东皇太一之曲而绝无疑义。

在《九歌》中，非用于专祀一神的篇章倒确有一篇，那就是今本中列在最后的《礼魂》。

在《九歌》中，非用于专祀一神的篇章倒确有一篇，那就是今本中列在最后的《礼魂》。《礼魂》从内容上看不出是祭祀什么神鬼的。洪兴祖《楚辞补注》说："或曰：礼魂谓以礼善终者。"朱熹《楚辞集注》同。显然都无根据。明代汪瑗在《楚辞集解》中最早揭示

《礼魂》的通用性质，他说："礼魂者，谓以礼而祭其神也，即章首'成礼'之'礼'。盖此篇乃前十篇之乱辞，故总以《礼魂》题之。前十篇祭神之时，歌以侑觞，而每篇歌后，当续以此歌也。"清代王夫之在《楚辞通释》中又一次沿袭汪瑗之说而略加变通，说："此章乃前十祀之所通用。而言终古无绝，则送神之曲也。"在揭示《礼魂》不是专祀之曲这一点上，汪、王之说是很有道理的。按洪兴祖《楚辞考异》说："一本自《东皇太一》至《国殇》上皆有'祠'字。"（见《楚辞补注》《九歌》篇目"东皇太一"条下）这条考异很值得注意，它提供了版本的根据，有助于证明《东皇太一》至《国殇》十篇皆为专祀之曲，而最后一篇《礼魂》则非是。又《礼魂》本文一开头说"成礼兮会鼓"，末尾则说"长无绝兮终古"，这也说明《礼魂》确是非用于专祀的终礼之曲。不过汪瑗、王夫之认为前十篇表演完毕之后都要续上此篇，则似不应如此繁琐。正如清代蒋骥所说："十章中迎送各具，何烦更为蛇足也？"（《山带阁注楚辞》）所以，《礼魂》只是整个祭祀活动在结束时所奏的终礼之曲，表现为大规模的集体歌舞。了解这一点是很有意义的，因为这个终礼之曲的存在，说明《楚辞》中的《九歌》乃是一套完整的乐神之歌的歌词。

《九歌》的名称中有个"九"字，而全部歌词却有十一篇；一些人对此感到不解，便各以己意，对原有的篇章作出分合以至于取舍。

《九歌》的名称中有个"九"字，而全部歌词却有十一篇；一些人对此感到不解，便各以己意，对原有的篇章作出分合以至于取舍。如清代王邦采在《屈子杂文笺略》中说："《九章》是九篇，《九辩》是九篇，何独《九歌》而异之？当是《湘君》、《湘夫人》只作一歌，《大司命》、《少司命》只作一歌，则《九歌》仍是九篇耳。"清代顾成天《九歌解》亦同此说。清代钱澄之则在《屈诂》中把《河伯》、《山鬼》排斥在《九歌》之外，说："河非楚所及，而山鬼涉于妖邪，皆不宜祀。屈原仍其名，改为之词而黜其祀，故无赞神之语，歌舞之事，则祀神正得九章。”清代徐焕龙则在《屈辞洗髓》中把《国殇》、《礼魂》视为《九歌》的附篇，说：“《九歌》篇十一者，《国殇》、《礼魂》特附《九歌》之后，不在九数之中。”近人闻一多先生又以《东皇太一》为“迎神曲”，《礼魂》为“送神曲”，“中间所余九章大概即《楚辞》所谓《九歌》”(《神话与诗·什么是九歌》)。诸如此类的说法，都不免有削足适履之嫌。其实，《楚辞》中的“九歌”之名本源于神话传说，是一种乐歌的专名；而《楚辞》中《九歌》歌词的篇数则完全取决于祭祀的神鬼有多少个。祭祀的神鬼如有十个，则歌词必有十篇；如祭祀的神鬼只有八个，则歌词必有八篇。但不论十篇或八篇，它们作为乐歌的名称却仍然是叫《九歌》。所以，《九歌》之“九”和祭祀神鬼的歌词篇数是并无必然联系的。王邦采以《九章》为《九歌》的参照对象，这是完全不恰当的，因为《九章》乃是后人所辑，辑在一起的辞作有九篇，所以标为《九章》；这与《九歌》之名传自古代神话是全然不同的。至于他以《九辩》为《九歌》的参照对象，则恰恰说明《九歌》之“九”并不代表篇数；因为《九辩》也是乐歌的名称，其歌词也不一定是九篇；现在《楚辞》中的《九辩》被分为九段，乃是因为后人误以《九辩》之“九”为篇数而据以划分的，并非从古就是如此。

但不论十篇或八篇，它们作为乐歌的名称却仍然是叫《九歌》。所以，《九歌》之“九”和祭祀神鬼的歌词篇数是并无必然联系的。

《九歌》是一整套乐神之歌，这套乐神之歌究竟用于什么样的祭祀之中呢？这个问题要结合下一节中的有关论述才能完全解决，但本节既是讲《九歌》的性质与作用，也就不能不有所涉及。

王逸在《楚辞章句》中说：“《九歌》者，屈原之所作也。昔楚国南郢之邑，沅湘之间，其俗信鬼而好祠，其祠必作歌乐鼓舞以乐诸神。屈原放逐，窜伏其域，怀忧苦毒，愁思沸郁。出见俗人祭祀之礼，歌舞之乐，其词鄙陋。因为作《九歌》之曲，上陈事神之敬，下见己之冤结，托之以风谏。故其文意不同，章句杂错，而广异义焉。”这个说法在后世影响极大，实际却是不可信的。在本书第一章中已经说过，王逸对屈原生平经历并无确切了解，所以他主要是搞“重点扩散”，把屈原的一切作品都说成他被放逐以后所作，又是为表明心迹、辩诉冤屈而作，这就导致对不少作品的误解与曲解。这种情况在他对《九歌》的解释中表现尤为突出。

《九歌》决不可能是屈原流放在沅湘之间时所作，《九歌》的内容也绝无诉冤、讽谏的意思；这些问题都将在下一节中加以论述。而在这里则需要说明，从《九歌》的整体情况和具体内容来看，它不可能是沅湘地区的祭歌，也不可能是楚国任何局部地区的祭歌：它只能是楚国朝廷所掌管、用于国定祀典的乐神之歌。首先从整体结构上看，《九歌》所祀之神完整地包括了天神、地祇、人鬼三类，与《周礼》所记的“建邦之礼”相合；虽然楚祀未必全同于周礼，但作为国定祀典自应有彼此相类的完整格局。又，《九歌》在礼祀天神的部分中，既有身份同于诸神君长的东皇太一，还有代表自然力量的东君、云中君，又有主宰人类命运的大司命、少司命；在礼祀地祇的部分中，既有河神、山神，又有代表楚国地域特征的湘水之神；在礼祀人鬼的部分中，则突出了为国捐躯的将军与战士。所以，从整体结构上看，《九歌》的布局既面面俱到，又重点概括，可以说是相当的合理与得体。倘若《九歌》是用于沅湘地区的民间淫祀，则祭祀对象的选定和祀典的建置必不能如此精当。试看后世社会，虽然文明程度已大有发展，而民间祀神祭鬼尚且那样杂乱以至荒诞不经：何况早在战国时代，又是“其俗信鬼而好祠”的沅湘之域，其祀典设置岂能如此有序有致？即使说屈原曾以大手笔帮助修改，但修改的仅限于歌词，必不能触动祭祀对象的

《九歌》决不可能是屈原流放在沅湘之间时所作，《九歌》的内容也绝无诉冤、讽谏的意思。

选择。《楚辞·九歌》所反映的祀典建置绝非个别地方民间淫祀的型貌，这是十分明显的。其次从后世的传流上看，《史记·封禅书》、《汉书·郊祀志》都有高帝四年命晋巫祠东君、云中君，荆(楚)巫祠司命，河巫祠河于临晋等记载。又汉武帝时，方士们一再建议祭祀太一，说“天神贵者太一，太一佐曰五帝”，又说太一之佐有“大禁、司命之属”，所以至元朔六年，武帝也就祭祀太一(并见《封禅书》、《郊祀志》)。汉王朝为东君、云中君、司命、河神设祀，虽然《书》、《志》并未讲明何所根据，但既定为国家祀典则必然沿袭前代祭制，而不可能宗法民间淫祀。由此可知东君、云中君等在先秦时也必为国家所祀；而且从汉与楚的密切关系上看，还更有可能是沿袭了楚国的旧典。太一之祭，虽为方士之所建议，亦必有其出典；所以方士谬忌奏祠太一时说：“古者天子以春秋祭太一东南郊。”(《史记·封禅书》)事关重大，谅不敢随便胡言。至于湘君、湘夫人及山鬼诸神则是楚国特有的具备代表性的地方神(近代不少研究者认为山鬼是巫山女神，此说可取)，他们也只有楚王朝才可能全部给以祭祀；但这些神既为楚所专有，所以汉王朝统一全中国之后，就不再设祭了。《汉书·礼乐志》著录的《郊祀歌十九章》之八说：“千童罗舞成八溢(佾)，合好效欢虞(娱)泰一，《九歌》毕奏斐然殊，鸣琴竽瑟会轩朱。”这歌虽不足以证明到了汉代仍在郊祀之礼中演奏原来楚国的《九歌》；但至少可以证明，在汉人心目中，《九歌》乃是用于国家郊祀大典中的娱神之歌。所以，这实在是一条最能说明《九歌》性质和作用的可靠材料。

这歌虽不足以证明到了汉代仍在郊祀之礼中演奏原来楚国的《九歌》；但至少可以证明，在汉人心目中，《九歌》乃是用于国家郊祀大典中的娱神之歌。

除了以上所说两点之外，还有沅湘地区不当祀河伯、民间祭祀不可能有《九歌》中所描写的那样豪华贵重的陈设与服饰等理由，也都可以参考。但最重要的还在于结合屈原的经历来看，证明他不可能在流放于沅湘地区时对民间祭歌进行加工修改，这一点将在下一节中再说。

《九歌》用于国家祀典，有的研究者也已考虑及此，但其所以仍有疑义，主要因为感到它既是国家祭礼中的祈祷之词，那就不应该民神杂糅，且有男女媟嫚之词。这种疑虑实际是出于对原作的误解。首先，《九歌》并非祭礼中的正式祷词，而是作为祭礼余兴的娱乐性歌舞，且名为乐神，实为娱人。此类歌舞理应轻松活泼一点，方为出色当行。其次，按照正确的读法，《九歌》中全无民神杂糅之处，全部内容由巫者表演：主巫饰为受祭的神鬼（假托有神鬼附于其体，类似于后世的降神）；又有群巫载歌载舞，起到迎神、送神、颂神、乐神的作用。但群巫的活动只出现于天神五祭，即《东皇太一》、《云中君》、《东君》、《大司命》、《少司命》，不见于地祇、人鬼的祭祀。再其次，《九歌》中涉及男女情爱的仅《湘君》、《湘夫人》、《河伯》、《山鬼》四篇，这与他（她）们作为地祇的地位身份与祭祀规格是一致的；而且又都是神与神之间的情爱，绝无前人所说的"神人相爱"、"神巫相爱"之类。至于天神五祭，则绝无一句媟嫚之词，前人一致认为《少司命》有爱情内容，纯属误解。（以上这些论断，均将在本章第三节中加以论证。）所以，《九歌》中实际并没有任何有碍于国家祭典的内容。

《九歌》中实际并没有任何有碍于国家祭典的内容。

二　屈原与《九歌》的关系

《九歌》是楚国国定祀典中的乐神之歌，因此它不可能是屈原首先创作的。因为楚国从来就有祭神之礼，有祭神之礼就有乐神之歌，不可能等到有了屈原之后才来创作，这是非常明显的。但是，流传至今的《楚辞·九歌》确与屈原有密切的关系，它是由屈原对传统的乐神之歌作了很大的修改加工（或甚至是重新写作）而成的。怎么知道这一点呢？因为《九歌》本身提供了充分的证明：

《九歌》有很高的文学价值，其辞章的优美、写景抒情的准确、形象思维的精深，都说明加工者的文学造诣高深，很难想象它竟会出于巫师的手笔。

首先，《九歌》有很高的文学价值，其辞章的优美、写景抒情的准确、形象思维的精深，都说明加工者的文学造诣高深，很难想象它竟会出于巫师的手笔。在屈原之前，比较成熟的楚歌确也有不少传于后世，如《论语》所载的《楚狂接舆歌》、《孟子》所载的《沧浪歌》、《说苑》所载的楚译《越人歌》、《新序》所载的《徐人歌》、《吴越春秋》所载的《渔父歌》等等，从这些楚歌中可以看到楚辞的蕴酿过程；大量楚国民歌也无疑给屈原以丰富的滋养。但拿流传于世的楚歌与成本大套、结构精密、抒情形象丰富完整的《九歌》相比，仍然有明显的距离与差别。因此，从文学创作经验的发展与实际的创作现象来看，《九歌》乃是与《离骚》、《九章》同一个境界的产物，理应出现于屈原的时代。而在那个时代，无论从文学造诣上看，还是从职位身份上看，都只有当过三闾大夫的伟大文学家屈原，才有可能参与《九歌》的修改，并把它修改得如此精美。

其次，《九歌》中有不少辞语亦见于屈原的其他辞作，这是更为确切的证据。例如《云中君》的“与日月兮齐光”，又见于《涉江》（“齐”一作“同”）；《湘夫人》的“九疑缤兮并迎”，又见于《离骚》（《离骚》“兮”作“其”，因《九歌》文例“兮”在句中，所以如此）；《东君》的“载云旗兮委蛇”，又见于《离骚》（《离骚》“兮”作“之”）。这些都可以算是全句相同的。至于句式和语意相同的，则其例更多：

《大司命》“玉佩兮陆离”；《离骚》“长余佩之陆离”。

《大司命》“老冉冉兮既极”;《离骚》“老冉冉其将至”。

《大司命》“结桂枝兮延竚”;《离骚》“结幽兰而延伫”。

《少司命》“绿叶兮素华”;《桔颂》“绿叶素荣”。

《湘君》“邅吾道兮洞庭”;《离骚》“邅吾道夫昆仑”。

《湘君》“聊逍遥兮容与”;《离骚》“聊逍遥以相羊”。

在词和词组的运用上,《九歌》与屈原其他辞作相同者尤多,例如:

在词和词组的运用上,《九歌》与屈原其他辞作相同者尤多。

灵修:

《山鬼》“留灵修兮憺忘归”;《离骚》“夫唯灵修之故也”、“伤灵修之数化”、“怨灵修之浩荡兮”。

扬灵:

《湘君》“横大江兮扬灵”、“扬灵兮未极”;《离骚》“皇剡剡其扬灵兮”。

婵媛:

《湘君》“女婵媛兮为余太息”;《离骚》“女媭之婵媛兮”,《哀郢》“心婵媛而伤怀兮”,《悲回风》“忽倾寤以婵媛”。

偃蹇:

《东皇太一》“灵偃蹇兮姣服”;《离骚》“望瑶台之偃蹇兮”、“何琼佩之偃蹇兮”。

潺湲:

《湘君》“横流涕兮潺湲”,《湘夫人》“观流水兮潺湲”;《招魂》“流潺湲些”。

陆离:

《大司命》“玉佩兮陆离”;《离骚》“长余佩之陆离”、“斑陆离其上下”,《涉江》“带长铗之陆离兮”,《招魂》“艳陆离些”。

太息:

《云中君》“思夫君兮太息”,《湘夫人》“女婵媛兮为余太息”;《哀郢》“望长楸而太息兮”,《抽思》“临流水而太息”,《悲回风》“伤太息之愍怜兮”。又,长太息:《东君》“长太息兮将上”;《离骚》“长太息以掩涕兮”。

九天:

《少司命》“登九天兮抚彗星”;《离骚》“指九天以为正兮”,《天问》“九天之际”。

逍遥:

《湘君》“聊逍遥兮容与”,《湘夫人》“聊逍遥兮容与”;《离骚》“聊逍遥以相羊”、“聊浮游以逍遥”,《哀郢》“今逍遥而来东”,《悲回风》“聊逍遥以自恃”。

容与:

在词、句、构词法和句式上有这么多的相同之处,而其具体运用于不同篇章中又各得其所,非常恰当,这就决不是简单的生搬硬抄,而是表现了同一个人的语言风格。

《湘君》“聊逍遥兮容与”,《湘夫人》“聊逍遥兮容与”,《礼魂》“姱女倡兮容与”;《离骚》“遵赤水而容与”,《涉江》“船容与而不进兮”,《哀郢》“楫齐扬以容与兮”,《思美人》“然容与而狐疑”。

纷总总:

《大司命》“纷总总兮九州”;《离骚》“纷总总其离合兮”。

芳菲菲:

《东皇太一》“芳菲菲兮满堂”,《少司命》“芳菲菲兮袭予”;《离骚》“芳菲菲其弥章”、“芳菲菲而难亏兮”。

此外还有许多相同的神话地名(如昆仑、咸池)和芳草名称(如兰、蕙、芷、椒、桂、荪、薜荔、杜衡、辛夷、芙蓉等)。

在词、句、构词法和句式上有这么多的相同之处,而其具体运用于不同篇章中又各得其所,非常恰当,这就决不是简单的生搬硬抄，而是表现了同一个人的语言风格。有的论者也许会说，像芳草名称的运用，不过是反映了楚国实有之物，楚国既有这些芳草，那么谁都可能在创作中说到它，怎能以此来证明作者的相同与否呢？但是要知道，在屈原以前的楚歌中，并未见芳草的形象：屈原大量使用芳草入诗，乃是他追求华美风格和运用比喻象征手法的一种表现；芳草形象的广泛出现是与屈原的艺术个性相联系的，所以从中可以看到作者的印记。特别值得注意的是，屈原心目中的芳草有的还是分等级的，例如“荪”往往用来代指尊者，《少司命》中说“荪何以兮愁苦”、“荪独宜兮为民正”，这“荪”就是指少司命神；《抽思》中说“数惟荪之多怒兮”、“荪详聋而不闻”、“愿荪美之可光”，这“荪”就是指楚怀王。在“荪”这种香草的特殊用法上，《九歌》与其他屈原辞作有这样的一致性，应该说绝非偶然，而是很能说明问题的。另外，如兰、茝的规格有高于椒、桂之类的意味，这在《九歌》与其他屈辞中也呈现一致性，这都显然是表现了同一个作者的观念。

总之，《九歌》是经过屈原修改加工的，而且是较大幅度、较为全面的修改加工，因此《九歌》十一篇才在丰富多彩中呈现着内在的统一性，运用不同素材、礼祀不同对象而达到相同的水平。若是屈原仅对《九歌》作一点零碎的加工，就不可能使这一套乐神之歌达到这样的协调与完整。

接下来要说的一个问题，就是屈原在什么时候、什么情况下对《九歌》进行了修改和加工。

王逸说《九歌》是屈原放逐于“沅湘之间”时所作（说见前引），洪兴祖《补注》虽引“《汉书》曰，楚地信巫鬼，重淫祀”，又引“《隋志》曰，荆州尤重祠祀”，并因此作出结论：“屈原制九歌，盖由此也。”他却没有意识到他所引的材料与所作的结论同王逸说之间的区别，所以没有特加辩证。朱熹《楚辞集注》则大致沿用王逸说，只不过认为屈原仅仅对原来的沅湘民间祭歌“颇为更定其词，去其泰甚”。这样，王逸的说法便几成定论，为后世很多论者所采用。但事实上《九歌》决不可能是屈原放逐于沅湘地区时所作的。主要的理由有三：

第一，从流放经历上看不可能。关于屈原的流放经历，在本书第二章中已多所考述：虽然有些情况尚需存疑，不少问题颇有歧说，但大多数研究者的看法中却显然有一个共同之点，那就是屈原流放江南的漫长岁月，主要是在《哀郢》篇所揭示的向东流放的某一个终点上度过的。《哀郢》所写的是向东流放，而屈原又在其放地（即使不一定是陵阳）待了九年，这都在《哀郢》一篇中写得明明白白，是无可置疑的。又倘若同意《哀郢》的写作与顷襄王二十一年白起破郢有关，则屈原从《哀郢》的终点重向西南流放至沅湘地区这一过程，简直是来去匆匆，疲于奔命，基本上没有停顿，便已投江殉国，怎有可能去为当地人修改一整套祭神的乐歌？即使有人认为屈原并未活到白起破郢的时候，把他的卒年大大提前，这也不能改变他在《哀郢》终点待了九年的事实，因而在沅湘地区的停留仍然是极为短暂的；无论从时间或心情上说，都是不可能在此时此地修改《九歌》的。

《哀郢》所写的是向东流放，而屈原又在其放地（即使不一定是陵阳）待了九年，这都在《哀郢》一篇中写得明明白白，是无可置疑的。

第二是从身份上看不可能。屈原在沅湘地区的身份，乃是一个长期被放逐的“罪徒”（即所谓“湘累”）；虽然现在尚不能肯定他完全没有行动自由（林云铭认为屈原在顷襄王朝流放时是被“羁身”的，只是未作论证），但至少以这样一种身份去为当地人创作或修改祭祀用的乐歌是太不可能了。纵然当地人民敬爱屈原，怎奈这种乐歌是由巫师掌握并表演的,若说他们竟肯因为一个"流放犯"的意思而弃其素所熟习、且视为神圣的旧词,却去学习并背诵新词,以至还可能根据新词而改变舞蹈动作,那就未免太不合于事理了。

第三是从情感发展上看不可能。屈原的辞作清楚地表现了他在各个时期的情感特征,这在前面的《离骚研究》中已经论及;现在说到《九歌》,它所表现的情感特征本来也是十分清楚的,但因前人搞"重点扩散",一则把屈原的辞作都与他的放逐联系起来(而且一说放逐便是江南沅湘),二则认为屈原辞中无处不有比兴寄托,所以往往曲解诗意,更无法辨别其情感特征。例如王逸、朱熹都认为《九歌》作于屈原放逐沅湘之时;至其诗意,则王逸认为"上陈事神之敬,下见己之冤结,托之以风谏"。朱熹更说:"此卷诸篇皆以事神不答而不能忘其敬爱,比事君不合而不能忘其忠赤,尤足以见其恳切之意。"这都是不顾《九歌》性质的穿凿之说。《九歌》乃是用于祭祀的乐神之歌,属于神圣的"仪式歌"性质,并非屈原的抒情述志之辞,岂能在其中鸣冤叫屈,倾诉衷曲?即使屈原本人有此意图,但《九歌》用于公众之祀典,事关敬神之礼,不论在朝在野,岂能为巫师及众人所容?至于说《九歌》表现"事神不答",则尤非文义。"天神五曲"均写到天神临坛受祭,大司命既折疏麻瑶华,以遗世人,而表美好的祝愿;少司命女神且与群巫所代表的人间姊妹"目成"结谊,并深以"悲莫悲兮生别离,乐莫乐兮新相知"为憾;东君更不负众望,举长矢,射天狼,为民除害,造福人间。即以东皇太一之高贵,亦且俨然临于祭堂,屈尊受享。云中君则采衣若英,连蜷既留,儋于寿宫。诸如此类,神之答人皆如响斯应,实不知朱熹所谓的"事神不答"是何所见而云然。要之,古代的

《九歌》乃是用于祭祀的乐神之歌,属于神圣的"仪式歌"性质,并非屈原的抒情述志之辞,岂能在其中鸣冤叫屈,倾诉衷曲?

祭祀皆为生人所造设与想象，所以在吉祀嘉典之中，决无设想“事神不答”之理；倘若“事神不答”，何必春兰秋菊，终古长祀？因此所谓“事神不答”之类，皆是既未理解原文，又不深思事理之故。至于祭祀地祇、人鬼的篇章，则其中所写的二湘不遇、山鬼无伴，则皆是神与神、鬼与鬼之间的恩怨情事，世人只是根据传说加以敷演，根本和人与神鬼的关系毫不相干。

排除了后人强加于《九歌》的误解与曲说，就可以清楚地看出，《九歌》所表现的情感特征是活泼而明朗的，并且是以节日求福的欢愉之情为基调的。其中《少司命》、《东君》两篇尤其洋溢着充沛的活力，散发出青春的气息。至于《湘君》、《湘夫人》与《山鬼》中所描写的爱情追求，则不仅缠绵悱恻，而且酸甜交织；从其刻画爱人情怀的热切与生动来看，也不是任何垂暮之人仅据久远的情感记忆所能写出。有人认为《山鬼》与《涉江》情调相似，这是仅从景物描写和诗中主人公的境遇着眼，却没有注意在看来相似的氛围与境遇中，两个主人公实有全然不同的情感素质。《涉江》在孤独中所表现的是冷峻与坚定，是历尽艰难后仍然坚持素志而甘于孤立的倔强；《山鬼》则正好相反，在孤独中所表现的是热烈而多疑，是初经失恋后不甘寂寞而仍然怀有强烈的希望，所以在主人公的猜疑与凄苦中始终贯串着灼热的爱情躁动。所以《山鬼》与《涉江》所表现的情感素质与活动方式都是截然不同的。总之，从《九歌》所表现的情感活动的特征来看，它决不可能是屈原晚年流放在沅湘地区时所作。郭沫若先生因为《九歌》“歌辞的清新、调子的愉快”，所以认为“《九歌》是屈原未失意时的作品。”（《屈原赋今译·〈九歌〉解题》），应该说是表现了准确的艺术直觉。

至于《湘君》、《湘夫人》与《山鬼》中所描写的爱情追求，则不仅缠绵悱恻，而且酸甜交织；从其刻画爱人情怀的热切与生动来看，也不是任何垂暮之人仅据久远的情感记忆所能写出。

这里还要附带说明一个问题。从前许多注者之所以相信王逸之说，认为《九歌》出于沅湘地区，这与《九歌》中有《湘君》、《湘夫人》二篇是不无关系的。《九歌》中的专祀之曲共为十篇（另有一篇《礼魂》是整个娱神活动的终礼之曲），“二湘”倒占了五分之一，比重未免太大；想必《九歌》真是沅湘地区祭祀所用，所以才对湘水之神如此重视。实则《九歌》之偏重“二湘”乃是另有历史渊源的。古代传说圣帝虞舜巡视南方，死在苍梧之野，葬于九疑山。他的两个妻子（唐尧之女）娥皇、女英起先没有随行，后来追到洞庭、湘水地区，得悉虞舜已死，便南望痛哭，投水以殉。由于虞舜在楚人中享有崇高的威望，他的归宿之地苍梧、九疑又是湘水的发源地，娥皇、女英的动人传说又恰恰以洞庭、湘水为背景，所以楚人就很自然地把这些神话人物同关于湘水的历史想象结合起来，使舜与二妃变成了湘水之神。《礼记·檀弓上》：“舜葬于苍梧之野，盖三妃（按当作二妃）未之从也。”郑注：“《离骚》所歌湘夫人，舜妃也。”《史记·秦始皇本纪》二十八年记始皇“渡淮水，之衡山，浮江，至湘山祠，逢大风，几不得渡。上问博士曰：湘君何神？博士对曰：闻之尧女舜之妻，而葬此”。司马贞《索隐》：“《列女传》亦以湘君为尧女。按《楚词·九歌》有湘君、湘夫人。夫人是尧女，则湘君当是舜。今此文以湘君为尧女，是总而言之。”又刘向《列女传·有虞二妃传》：“舜既嗣位，升为天子，娥皇为后，女英为妃。舜陟方死于苍梧，号曰重华；二妃死于江湘之间，（因葬焉，）俗谓之湘君、（湘夫人也）。”（缺文据王照圆《列女传补注》补。）又郦道元《水经·湘水注》：“大舜之陟方也，二妃从征，溺于湘江。神游洞庭之渊，出入潇湘之浦。”这些记载虽不尽同，却有其重要的一致之处，即都证明了虞舜及其二妃与湘神的关系。舜在楚国的崇高威望，这在

这些记载虽不尽同，却有其重要的一致之处，即都证明了虞舜及其二妃与湘神的关系。

《离骚》中便有确凿的证明：屈原受到排挤打击，为了辨明楚国政治上的是非，他想象的唯一选择，便是“济沅湘以南征兮，就重华（虞舜）而陈词”。由此可见，虞舜的威望在楚国是得到公认的。湘水之神既然在人们心目中与虞舜发生关系，当然要在祀典中占有重要的地位。所以《九歌》中除了以《河伯》、《山鬼》为山川神灵的代表之外，另外还要以“二湘”来作体现楚国地域特征和历史文化感情的代表性神灵。总之，祭祀“二湘”完全不足以证明《九歌》为沅湘地区所用的祭歌；相反，既祭河伯、山鬼，又祭“二湘”倒正合乎《九歌》作为楚国国定祀典的逻辑。

《九歌》不是沅湘地区的祭歌，而是用于国家祀典的乐神之歌，那么，它与屈原的关系也就不难想知了。

《九歌》不是沅湘地区的祭歌，而是用于国家祀典的乐神之歌，那么，它与屈原的关系也就不难想知了。屈原曾任楚国三闾大夫，职掌王朝的宗族事务，类似于宗伯、宗正之类，而主管祭祀又正是这类官员的专职。《周礼·春官宗伯》说“大宗伯之职，掌建邦之天神、人鬼、地示（祇）之礼”，说明大宗伯要制定各种祭祀礼典；以下又具体讲了祭祀昊天上帝、日月星辰、司中、司命、风师、雨师等等。虽然楚制未必同于周官，三闾大夫的地位也未必能与大宗伯相提并论，但既然肯定这是一个管理宗族事务的职位，那就必然与礼乐祭祀发生密切的关系，而《九歌》所祭的对象也正好包括了天神、人鬼、地祇三类。所以屈原在三闾大夫这个职位上肯定是熟悉祭礼的，甚至在安排典礼仪式方面要发挥某种提调作用；而如果要对传统的乐神之歌进行修改加工的话，那么以屈原之富有才华，这也是非他莫属的。特别应该想到的是，由于这种修改出于长官的手笔（甚至为君主所授意），所以专司祭祀之事的巫者也就不能有什么异议，只得放弃他们早已背得滚瓜烂熟的旧词，重新去背诵新词，并相应地改变舞姿。又据上文的考述，屈原为三闾大夫，约在楚怀王五年（公元前324年）至楚怀王十年（公元前319年）间，当时屈原是二十九至三十四岁：他在政治上也正处在上升阶段。这种年龄状况和政治处境都是和《九歌》所表现的思想感情完全一致的。

关于《九歌》的修改背景，还有一些情况也应说及。《汉书·郊祀志》载谷永对汉成帝说："楚怀王隆祭祀，事鬼神，欲以获福助，却秦军，而兵挫地削，身辱国危。"有的论者因而推测《九歌》是屈原"承怀王命而作"的（见晚清马其昶《屈赋微》）。这个"作"字如果是指创作，那是不大可能的。若说楚怀王"隆祭祀"就需要创作祭歌，那么楚人历来"信巫鬼，重淫祀"（《汉书·地理志》），岂不早就需要祭歌？不过，楚怀王既有"隆祭祀"之举，或者在他那时曾对祭礼有所改变，使之更为隆盛，因此而令屈原修改旧的乐神之歌，以适应新的富丽场面，这倒不是没有可能，而且在歌词中对场面的铺排也确有反映。果然，则屈原在修改中也可能加进了鼓舞民心与士气的内容，如《国殇》歌颂将士英勇战斗，为国捐躯；《东君》写到"举长矢兮射天狼"；《少司命》写到"竦长剑兮拥幼艾"，也许真与抗秦卫国的政治形势有一定的联系。这些迹象和可能或可作了解《九歌》修改缘由的参考。

果然，则屈原在修改中也可能加进了鼓舞民心与士气的内容，如《国殇》歌颂将士英勇战斗，为国捐躯；《东君》写到"举长矢兮射天狼"；《少司命》写到"竦长剑兮拥幼艾"，也许真与抗秦卫国的政治形势有一定的联系。

第五章 屈原辞综述

屈原对楚国怀有深厚的感情，这在他的诗篇和实际行动中都有极为鲜明的表现。所以从近代以来，他被人称为伟大的爱国主义诗人。

屈原的辞作富有美学价值，对此可以作出多种多样的分析。但若从根本上探索其价值之所在，则主要有两个重点最应注意：一是屈原辞突出表现了屈原的人格力量；二是屈原辞突出表现了屈原的创造力量。

屈原是对中华民族文化作出了巨大贡献、产生了深远影响的历史人物。他的文化活动现在所知的有三项：一是教育，二是立法，三是楚辞的创作。

一　爱国主义问题

屈原对楚国怀有深厚的感情，这在他的诗篇和实际行动中都有极为鲜明的表现。所以从近代以来，他被人称为伟大的爱国主义诗人。但在屈原的爱国主义这个问题上，也并非全无争议，因而对一些具体情况还需略作分析与论证。

但在屈原的爱国主义这个问题上，也并非全无争议，因而对一些具体情况还需略作分析与论证。

列宁说："爱国主义就是千百年来巩固起来的对自己祖国的一种最深厚的感情。"（《列宁全集》第28卷，第168—169页）但他又说："祖国是个历史的概念。"（同上第，第35卷，第238页）因此爱国主义的思想与情感也是随着历史的发展而发展的，在不同的历史背景中各有其具体的表现。

在屈原的时代，中国历史上已有过夏、商、周三个统一全国的悠久王朝；而在夏朝以前，还有三皇五帝一类的古史传说。所以，一个以"九州"为版图、以整个中华民族为成员，并具有悠久而稳固的共同历史文化的中国，不仅在事实上久已存在，而且早已深刻反映在全中国人的心中，成为中国人共有的祖国观念。这一点是首先应该肯定的。

但具体说到春秋战国时代，全中国却是处于诸侯割据的状态。这种割据状态并未改变中国人的祖国观念，但因为各诸侯国都在事实上行使其政权的职能，所以生活在各诸侯国的人民便不能不关心本国的政治现实及其在列国中的处境，因为这直接关系着各人的切身利害与命运。例如秦赵长平之战，赵军战败，降卒四十余万，皆为秦将白起所坑。后来秦兵围困赵都邯郸，“邯郸之民，炊骨易子而食”（事见《史记·赵世家》、《平原君列传》）。又，楚顷襄王二十一年，秦将白起破郢，不但使郢都成为废墟，而且连楚国的先王之墓也给烧了（参见《史记·楚世家》及《楚辞·哀郢》）。可见当时的战争非常残酷，战败国人民所受的残害尤为深重。所以，在这种特定的历史情况下，真正的爱国者都必须面对现实，首先要求自己的国家富强起来，不受侵害，再进而谋求全中国的统一。这种爱国主义的思想感情是既有时代特征，又符合历史发展趋势的。

但具体说到春秋战国时代，全中国却是处于诸侯割据的状态。

再具体说到楚国，也还有它自身的特点。由于楚国地区相对来说开发较晚，长期被中原各国称为“荆蛮”；中原各国所谓的“戎狄是膺，荆舒是惩”（《诗经·鲁颂·閟宫》），便突出表现了对边远族区的歧视；而所谓的“尊王攘夷”，则更是把楚国视为主要的排斥对象。正因为如此，所以在相当长的历史时期中，楚国在政治、经济、文化各方面既与中原地区发生联系，多有交流以至融合；同时却又存在着差异与距离，保持了相对独立的发展。这种因遭受排斥而保持相对独立的情况，当然也会使楚国人产生较强的地方观念。

再具体说到楚国，也还有它自身的特点。

屈原作为一个爱国者，他的思想感情可以说是充分体现了楚他的爱国之情首先就表现为参与楚国现实斗争的政治热情。

国人的特点。他所最为关心的显然是楚国的兴衰成败及其在列国中的地位与处境，所以他的爱国之情首先就表现为参与楚国现实斗争的政治热情。正是这种热情，既支持他在斗争实践中百折不挠，甚至以身殉国；又凝结为一系列具有深刻政论性的抒情巨作。例如在《离骚》中，诗人广泛陈述了历史的经验和教训，并在勇敢揭露现实矛盾的基础上痛诉了楚国的利害得失和个人的心迹，因而构成了一篇最有深度的政治抒情诗。又如《九章·抽思》，是诗人被黜在汉北时所作，诗中表现他急于返回郢都继续参与政治斗争的心情，读来也非常感人：

望孟夏之短夜兮，何晦明之若岁？
惟郢路之辽远兮，魂一夕而九逝。
曾不知路之曲直兮，南指月与列星。
愿径逝而未得兮，魂识路之营营。

初夏的夜是短的，但在诗人的感觉中却长若经年。他急想归郢而不可得，却在睡梦之中觉得自己的灵魂一次又一次驰往故都；他又感到自己的灵魂不识路之曲直，只能借助星月的指引认准归郢的方向。这一幅抒情画面是何等深挚而强烈，它使人似可想见诗人那灼热和孤独的灵魂在漫漫的黑夜中、茫茫的原野上，急遽慌促，觅路归郢，来回奔驰。而这一切又全是为了拯救楚国，改变楚国濒临崩溃的命运！

屈原虽然特别关心楚国的现实处境和未来前途，但我们又应看到，在他的心目中，全中国无论从疆域、成员、历史、文化来说，都是一个统一的整体；而战国之世出现的分裂局面则是暂时的现象，最终仍然要归于统一。所以，当他为了给楚国探寻正确的治国之道而总结前人的经验教训时，就很自然地着眼于整个中国的历史。例如他说：

当他为了给楚国探寻正确的治国之道而总结前人的经验教训时，就很自然地着眼于整个中国的历史。

昔三后之纯粹兮，固众芳之所在；
杂申椒与菌桂兮，岂维纫夫蕙茝？
彼尧舜之耿介兮，既遵道而得路；
何桀纣之猖披兮，夫唯捷径以窘步。
…………
启九辩与九歌兮，夏康娱以自纵；
不顾难以图后兮，五子用失乎家巷。
羿淫游以佚畋兮，又好射夫封狐：
固乱流其鲜终兮，浞又贪夫厥家。
浇身被服强圉兮，纵欲而不忍；
日康娱而自忘兮，厥首用夫颠陨。
夏桀之常违兮，乃遂焉而逢殃。
后辛之菹醢兮，殷宗用而不长。
汤禹俨而祗敬兮，周论道而莫差，
举贤而授能兮，循绳墨而不颇。
皇天无私阿兮，览民德焉错辅。
夫维圣哲以茂行兮，苟得用此下土。

（《离骚》）

以上所举历史人物，只有“三后”的解释旧有分歧（或说指夏禹、商汤、周文王，或说指楚国上代的三位贤君）；其他不论圣君或昏君，都极为明确是指在历史上统治全中国的君主。另外，当屈原遭到谗害而要求公正裁决时，他想到的是虞舜；当他极端孤立而寻求同伴时，他所想象的是宓妃、简狄和二姚；当他假设要离开楚国故宇时，也是在想象中周游全中国的大地和太空。这些都说明屈原是充分自觉地意识到自己是一个中国人，楚国与列国的争强图存是中国历史的继续；中国终于要重新恢复统一，并出现唐虞三代那样的盛世，这也正是屈原所一心向往的远大目标。

这些都说明屈原是充分自觉地意识到自己是一个中国人，楚国与列国的争强图存是中国历史的继续；中国终于要重新恢复统一，并出现唐虞三代那样的盛世，这也正是屈原所一心向往的远大目标。

当然，屈原作为一个楚国人，他是很希望由楚国来统一全中国的；而在"战国七雄"之中，楚国乃是地域最大、力量雄厚的国家，在当时"横则秦帝，纵则楚王"（刘向《战国策叙录》）的政治形势下，它也确有统一全中国的条件。因此屈原迫切希望楚国能通过政治变革而富强起来，为此不计个人利害，坚持了顽强的斗争。他说：

唯夫党人之偷乐兮，路幽昧以险隘。
岂余身之惮殃兮，恐皇舆之败绩！
忽奔走以先后兮，及前王之踵武。
荃不察余之中情兮，反信谗而齌怒。
余固知謇謇之为患兮，忍而不能舍也。
指九天以为正兮，夫唯灵修之故也！
…………
怨灵修之浩荡兮，终不察夫民心。
众女嫉余之蛾眉兮，谣诼谓余以善淫。
固时俗之工巧兮，偭规矩而改错；
背绳墨以追曲兮，竞周容以为度。

忳郁邑余侘傺兮，吾独穷困乎此时也。

宁溘死以流亡兮，余不忍为此态也！

鸷鸟之不群兮，自前世而固然。

何方圜之能周兮，夫孰异道而相安！

（《离骚》）

如果说屈原希望楚国富强还只是一种朴素的自发的爱国热情的话，那么在他反复表述的如何使国家富强的政治主张以及为贯彻这些主张而进行的顽强斗争中，就更清楚地表现了他那爱国热情是与深刻的认识和坚定的意志相联系的，因而具有高度的自觉性。他的政治主张概括起来说就是实行法治和举贤授能，反对腐朽的贵族势力"背法度而心治"和任人唯亲。这些主张在今天看来似乎很一般化，但在当时的楚国却意味着实行深刻的政治变革，即改革旧的上层建筑中一些最重要的成分，以适应已经变化了的经济基础。这实际上也是战国时代各诸侯国共同面临的历史课题，哪个国家能把这个课题解决好，它就能臻于富强并完成统一全中国的历史任务。由此可见，屈原的爱国主义热情是与符合历史发展趋势的进步思想相联系的，所以它同时也是一种感召人们为历史的进展而斗争的精神力量。

屈原的爱国主义热情是与符合历史发展趋势的进步思想相联系的，所以它同时也是一种感召人们为历史的进展而斗争的精神力量。

屈原的爱国主义确与他的忠君思想结合在一起，这在封建时代身为臣僚而有爱国之情的人中有一定的普遍性。屈原则更因为与楚王朝有宗法联系，所以在他看来，自己的命运是与楚国密不可分的；特别是对曾经重用过他的楚怀王，更始终怀有赤胆忠心。这种思想感情在他的辞作中表现得相当充分，说明他的爱国主义是有阶级烙印和历史局限的。但是，封建时代的《楚辞》研究者把屈原对楚王朝的忠贞视为他一切作为的唯一出发点，这却是出于他们自身的偏见，并不合乎事实。屈原对楚国的深厚感情包含着丰富而复杂的内容，其中尤可注意的是他对广大楚国人的处境命运的强烈关心。例如他说："长太息以掩涕兮，哀民生之多艰。""怨灵修之浩荡兮，终不察夫民心。"(《离骚》)"愿摇起而横奔兮，览民尤以自镇。"(《抽思》)"皇天之不纯命兮，何百姓之震愆。民离散而相失兮，方仲春而东迁。"(《哀郢》)这些"民"字，有的研究者认为是屈原自指，这是完全解释不通的。如《抽思》的二句意思是说："我本想自暴自弃，但看到楚国人的苦难，就强自镇定下来。"这二句中的"民"，对屈原来说显然是客体而非主体。《哀郢》四句中，"民"与"百姓"所指相同，而"百姓"决非一人，所以也不可能是屈原自指。另外，如《离骚》中说"皇天无私阿兮，览民德焉错辅"："瞻前而顾后兮，相观民之计极"；"民生各有所乐兮，余独好修以为常"；"民好恶其不同兮，唯此党人其独异"等，这些"民"字也绝对无法解释为屈原自指。在屈原的辞作中，"民"的正确解释应如多数研究者所说，是"人"的同义词；更具体地说，也就是指广大的楚国人。屈原不是阶级论者，不能要求他对楚国社会进行阶级分析。但是，他在长期的政治斗争实践中，却清楚地认识到楚国存在着两种人，一种是他深恶痛绝的"党人"、"谗人"，实际上就是阻碍楚国实施变革的反动贵族势力；另一种是他所关怀和同情的、深受反动贵族之害的广大的楚国人，其中有剥削阶级的成员，也有劳动人民；而后者事实上还是"楚国人"中的大多数。我们结合着具体的历史条件来分析，就应该肯定屈原关怀和同情广大"楚国人"是有进步意义的。这种进步意义并不表现为他专门关心楚国的劳动人民，而只是在于他并没有将劳动人民排除在"楚国

屈原不是阶级论者，不能要求他对楚国社会进行阶级分析。

人”之外对他们漠不关心。这就是他这样一个地主阶级的代表人物，在当时的历史条件下，所能够达到的思想高度。

由于屈原对楚国的深厚感情中包含着对广大楚国人命运的强烈关心，所以他的爱国主义便具有更为深厚的内容，而决不能简单地归结为忠君。在屈原的心目中，楚王朝本是代表广大楚国人的利益的；而当他逐步认识到这个王朝由于腐败而不仅导致自身的危殆，且使整个国家日益衰败、给广大楚国人带来巨大灾难时，他便在思想感情上与之决裂了。屈原的投江说明了这一点；同时他在《离骚》中痛诉楚怀王信谗不明、反复无常，而在《惜往日》中更直称顷襄王为“壅君”，也清楚反映了屈原对楚国君主由怨愤到绝望的情感变化。所以，屈原的忠君思想虽然执著，却不是绝对的；他最终是根据楚王朝的统治给整个楚国造成什么样的后果来加以认识和对待的。

由于屈原对楚国的深厚感情中包含着对广大楚国人命运的强烈关心，所以他的爱国主义便具有更为深厚的内容，而决不能简单地归结为忠君。

另外，在屈原对楚国的深厚感情中，也包含着他对楚国乡土的深刻恋念，对楚国的历史文化以至民风习俗也怀有深情。在屈原的辞作中，每当涉及这些内容，诗人总是以饱含诗情的彩笔来加以描画，用优美动人的声音来加以歌唱。由于屈原是在楚国出生和成长的，他自然对楚国的山川风物、文化习俗最为熟悉，并在长期的熏陶感染中培育了浓郁的乡土之情。这种乡土之情对于各个时代的中华儿女来说，也都是他们那爱国主义感情的一种具体表现。

爱国主义在历史上是一种发展着的思维经验。屈原的辞作在中国古代文学中最早表现了较为集中而突出的爱国主义思想感情，因而确曾为爱国主义这个历史概念提供了有价值的内涵，有助于它作为思维经验的历史发展。特别是屈原辞在流传中对中国人的爱国主义感情和中国文学的爱国主义传统的实际影响，更应给予充分的估计。

一般说来，人们祖祖辈辈生活在一个国家的土地上，继承着历史的传统，又接受文化的熏陶和物产的哺养，特别是存在着与许多人的各种各样的联系，对这个国家总会有很深的爱恋之情，所以爱国的感情从来就有极为宽广的群众基础。但是真正崇高而可贵的爱国之情还在于把对祖国的爱恋上升到为之而献身的巨大精神力量，不仅自觉贡献个人的全部才智与心血，还要经得起利害得失的考验，在任何情况下都不因为趋利避害而改变对祖国的忠心。诗人屈原就正是这样一种爱国者的典范，所以他才长期受到中国人民的高度崇敬。相传为屈原逝世之日的五月初五之所以成为全民的节日，"龙舟竞渡"的习俗之所以流传至今，以及江湘地区许多关于屈原的古迹，都说明屈原在人民群众中的深刻影响。宋代大诗人苏轼说："楚人悲屈原，千载意未歇。精魂飘何在，父老空哽咽。至今沧江上，投饭救饥渴。遗风成竞渡，哀叫楚山裂。"(《屈原塔》)可见千载以下的楚人对屈原的敬爱仍是多么强烈。南宋爱国诗人陆游在凭吊屈原时写道："委命仇雠事可知，章华荆棘国人悲。恨公无寿如金石，不见秦婴系颈时。"(《屈原庙》)这首诗批判了妥协误国的楚国统治者，而对屈原无法见到未来的胜利深以为憾；这正是借助屈原的悲剧来表述陆游本身在南宋时代反对投降、向往统一的爱国热情，从中显然可见对屈原精神的继承与发扬。司马迁在《屈原列传》的赞语中说："余读《离骚》、《天问》、《招魂》、《哀郢》，悲其志；适长沙，观屈原所自沉渊，未尝不垂涕，想见其为人。"这些话直到现在仍能引起读者情感上的呼应，说明屈原的为人和他的辞作，始终是中国历史上一宗宝贵的

诗人屈原就正是这样一种爱国者的典范，所以他才长期受到中国人民的高度崇敬。

精神财富；在激励中国人民的爱国主义感情方面，无论是过去、现在和将来，都会有深刻的影响，发挥巨大的作用。

二　美学价值

屈原的辞作富有美学价值，对此可以作出多种多样的分析。但若从根本上探索其价值之所在，则主要有两个重点最应注意：一是屈原辞突出表现了屈原的人格力量；二是屈原辞突出表现了屈原的创造力量。这两种力量都属于人的本质力量；也就是说，除了人以外，没有其他生物具有这两种力量，更没有其他生物能够自觉地把它们所有的力量物态化、对象化。再进一步说，就连在作为美的创造者的诗人和艺术家中，也并非人人都能在其创作中既表现创造的力量，又表现人格的力量。屈原是世界上最早把这两种本质力量作了全面而充分表现的诗人之一，所以他的辞作是富有美学价值的。

屈原辞对两种本质力量的表现是紧密结合在一起的，但现在为了论述方便却需要分开来说。先说屈原辞对诗人的人格力量的表现。

先说屈原辞对诗人的人格力量的表现。

屈原的人格主要是在楚国的两种势力的激烈冲突中得到深刻表现的。所谓两种势力就是以屈原为代表的进步势力和由楚国旧贵族所构成的反动势力。冲突的焦点，在楚国内政上就是屈原坚持“国富强而法立”的变革理想，坚决主张“明法度之嫌疑”和举贤授能；而旧贵族则顽固地维护“背法度而心治”和世袭罔替等特权，坚决反对任何政治变革。在外交上，屈原坚持联齐抗秦的斗争主张，并怀有由楚国来统一全中国的远大理想；旧贵族则始终屈服于强秦的威胁与欺诈，一味妥协媚敌，以求苟安。两种势力在内政、外交上的冲突，都是意义重大、后果深远的斗争，关系到楚国能否解决摆在它面前、决定它命运的历史课题，即改变旧的上层建筑中的一些最重要的成分，以适应变化了的经济基础；而能否解决这一历史课题又将决定楚国在列国的争斗中究竟是趋于强盛，还是走向衰亡。通过历史发展的实际情况来考察，完全可以看出，屈原辞的确是深刻表现了作者的进步倾向，他充分看到了在楚国实行变革的必要，尖锐地揭露了楚国反动势力的腐朽性质，并且准确地预示了变革失败后的楚国的命运和前途。这样，屈原的抒情诗篇就达到了史诗一般的深度。

以屈原为代表的进步势力，在历史发展的大趋势中，虽然是比较有前途的；他们所坚持的理想和主张，也的确包含着属于未来的历史内容；但是，在楚国当时特定的政治形势下，却是反动势力大大超过了进步势力。因此，屈原作为进步势力的代表便长期受到反动贵族的围攻与迫害。终于，他的变革主张完全失败，理想归于破灭；个人也迭遭疏斥、放逐，以至于自杀殉国。历史的事实证明，屈原的主张和理想将在未来充分显示它的进步意义，而当时的现实力量对比却决定了他不可避免地要惨遭失败以至于毁灭，这就是屈原及其斗争的悲剧意义之所在。

屈原的悲剧既植根于楚国当时的客观现实，也取决于他主观的人格因素。

屈原的悲剧既植根于楚国当时的客观现实，也取决于他主观的人格因素（包括人生目标、思想观点、志趣情操、性格意志等等）。这就是说，正因为屈原具有那样的完整人格，所以他才在楚国的社会现实中不可避免地站到了悲剧冲突的一方，并且在斗争中有进无退，不可逆转，并发展到充分展示其悲剧性格的地步。例如从《离骚》中就可以看出，屈原在进入其悲剧角色之前，就已通过高度自觉的德才要求来养成他自己的人格。例如他说：

纷吾既有此内美兮，又重之以修能。
扈江离与辟芷兮，纫秋兰以为佩。
汩余若将不及兮，恐年岁之不吾与。
朝搴阰之木兰兮，夕揽洲之宿莽。
日月忽其不淹兮，春与秋其代序。
惟草木之零落兮，恐美人之迟暮。
不抚壮而弃秽兮，何不改此度？
乘骐骥以驰骋兮，来吾道夫先路！

由此可见，他是作了充分的准备来为楚国献身的，是怀着强烈的使命感登上政治舞台的。这就决定了他在政治上不可能随波逐流，旅进旅退；而是坚决要求贯彻他的变革主张，实现使楚国富强起来的理想。当他卷入激烈的冲突、处于斗争的旋涡之后，他也看到力量对比的悬殊与斗争形势的险恶；然而坚定的认识、顽强的性格与坚贞的节操却使他矢志忠于君国，勇敢无畏，绝不在原则上退让妥协。他激昂地声称：“亦余心之所善兮，虽九死其犹未悔！”“宁溘死以流亡兮，余不忍为此态也！”“虽体解吾犹未变兮，岂余心之可惩！”这都说明他是下定决心要与腐朽反动的势力斗争到底，因此他的悲剧经历也必然要发展到极其悲壮的境界。而在这种悲剧经历中所充分展示的完整人格，也就饱含着一种令人肃然起敬的崇高之美。

在这种悲剧经历中所充分展示的完整人格，也就饱含着一种令人肃然起敬的崇高之美。

屈原在现实斗争中虽然遭到了彻底的失败，但他基于坚定的历史预见和道德信念，却有气魄在辞作中把自己塑造成一个思想正确、意志坚强、品格高洁的完美形象。就是到了山穷水尽、极端孤苦的境地，他仍然作出了这样的自我估量：

余幼好此奇服兮，年既老而不衰。
带长铗之陆离兮，冠切云之崔嵬。
被明月兮珮宝璐，（疑缺一句）
世溷浊而莫余知兮，吾方高驰而不顾。
驾青虬兮骖白螭，吾与重华游兮瑶之圃。
登昆仑兮食玉英，（疑缺一句）
与天地兮同寿，与日月兮同光。

（《涉江》）

屈原在《离骚》、《九章》等辞作中为自己塑造的形象，是他完整人格的诗化表现。

屈原在《离骚》、《九章》等辞作中为自己塑造的形象，是他完整人格的诗化表现。在这一形象的比照之下，那曾在楚国的现实斗争中使屈原遭到毁灭的腐朽势力便转而在历史、道德、美学的意义上受到沉重的鞭挞，终于在后世人的心目中成为一堆历史的垃圾。这充分说明，经过诗化表现的屈原人格具有多么大的精神力量。

屈原的投江殉国，这一行为也使他的完整人格得到高度强化的表现。

最后需要指出，屈原的投江殉国，这一行为也使他的完整人格得到高度强化的表现。“千古艰难唯一死”，屈原为了忠于爱国理想，为了维护他崇高的人格，是终于献出了生命的。这一壮烈行动不仅赢得了人们的崇敬与同情，也使人们确信他在辞作中的全部人格表现是完全真实的，是真善美的高度统一。他的人格力量既有激励人意志，使顽者廉、懦者立的作用；也使人看到人类为了执著于美好的理想，是有力量超越自我、在精神上得到升华的。这样一种充满了崇高悲壮之感的审美观照，显然能起到纯化人的灵魂的作用。

下面再说说屈原辞所表现的诗人的创造力量。

下面再说说屈原辞所表现的诗人的创造力量。

屈原辞是继《诗经》而出现于中国诗坛的。它的出现既是对《诗三百篇》的继承，又有引人注目的新开辟，使诗歌艺术取得了巨大的发展。这一事实，充分显示了诗人屈原的艺术创造力量。

所谓创造，就是指创作出前所未有的新东西或达到前所未至的新境界。拿屈原辞和《诗经》相比，可以发现有种艺术表现是可以称为创造的。集中到一点来说，那就是在抒情述志的深度与广度上有了显著的开拓与进展；而取得这种开拓与进展，就是在艺术上有了新的创造的结果。

首先，最为显而易见的是，屈原辞在篇幅与结构上有了很大的发展。

首先，最为显而易见的是，屈原辞在篇幅与结构上有了很大的发展。《诗经》总的来说篇幅短小，并且为便于歌唱而主要采用比较简单的复沓结构。屈原辞则大都篇幅宏伟，并且通过精密构思而形成有内在逻辑的整体结构。这就不仅扩大了诗的艺术容量，而且使诗人的情志得到了层层深入的表述。例如根据上文第三章第三节的论述可以看出，《离骚》是抒情的巨作，它与《诗经》中的任何一篇相比，都突出表现了篇幅宏伟的特点。它在三个大段中反复抒述了不得于君之忧与孤立无援之忧，就这个意义而言，也可以说是一种复沓的结构形式。但这复沓却不是通过简单的重叠来加强抒情的效果；而是两个“主题旋律”在三大段中各有不同的“变奏”。所以，围绕着两种忧患的抒述，同时也表现了楚国日益深化的斗争，诗人日益艰难的处境，因而令人明显地感觉到诗人的两种忧患也正在与日俱增。再则，在三大段的“复沓”中，还包含着回顾已往、展示未来的内容发展，使人从冲突的由来一直看到诗人将要选择的去向。所以，这种“复沓”远不是三个封闭的章节，而是具有显著的变动性与开放性（或者总称之为耗散性）；因而大大扩展了全诗的艺术表现容量，并使抒情述志的过程既高潮迭起，又一往无前。再如《九歌》的结构，则可以说更有新的创造，主要因为在祭祀天神的乐曲中运用了对唱形式，由对唱的设置来形成全篇的结构；从而将传统诗歌的平面抒述变为立体性的表演，这种表演竟成了“后世戏剧之萌芽”。同时，对唱虽然只在主巫与群巫之间进行，然而对不同的天神又各有不同的设置，在灵活巧妙的变化中表现出对结构艺术的运用自如。

其次，写诗要用形象思维，而在形象思维的运用上，屈原辞也有了新的深度与广度。

其次，写诗要用形象思维，而在形象思维的运用上，屈原辞也有了新的深度与广度。例如就比兴二法而言，屈原辞继承了《诗经》的创作经验，但又有巨大的发展。主要表现为两点：一是《诗经》中所用的比兴形象有明显的直观性，即主要取自耳目所及或生活中习闻常见的事物：而屈原辞中的比兴形象则既有直观的（如各种芳草），又有很多是出于超现实的想象（如神话人物及超自然的奇事怪物）。比兴方法的这一变化，显然意味着形象思维的活动范围变得更加宽广。二是《诗经》中所用的比兴方法还比较朴素，出现的形象大都单纯而静止；屈原辞中的比喻则已相当复杂，不仅形象丰富，多有关联，而且能动多变。例如《离骚》“求女”一段想象寻求志同道合的人，先后以宓妃、简狄、二姚作比，比喻形象既有不可追求的共同点，又各有其特征和色调。《橘颂》全篇以橘喻人，既突出了“受命不迁，生南国兮；深固难徙，更一志兮”的主要特征；又加以剖析铺叙，指出它还有“青黄杂糅，文章烂兮。精色内白，类可任兮。纷缊宜修，姱而不丑兮”以及“苏世独立”、“闭心自慎”等特色。从而更为细致并多方面地比喻了人的德与才。这种写法又成为托物咏志的滥觞。又，屈原辞中多以芳草作比，并有多种喻义。如《离骚》中说：“纷吾既有此内美兮，又重之以修能。扈江离与辟芷兮，纫秋兰以为佩。汩余若将不及兮，恐年岁之不吾与。朝搴阰之木兰兮，夕揽洲之宿莽。”这显然是以芳草的佩带与采摘比喻德与才的进修。后文又说：“昔三后之纯粹兮，固众芳之所在；杂申椒与菌桂兮，岂维纫夫蕙茝。”这却是以博取香草比喻使用众多的人才。又，《离骚》中先以“滋兰九畹”、“树蕙百亩”、“畦留夷与揭车”、“杂杜衡与芳芷”比喻对人才的培植；后文却说：“兰芷变而不芳兮，荃蕙化而为茅。何昔日之芳草兮。今直为此萧艾也！……椒专佞而慢慆兮，樧又欲充夫佩帏……览椒兰其若兹兮，又况揭车与江离。”这就又是以芳草的变质比喻人才的变节。前后对照，可以看出比喻形象是可变的。由于屈原辞中对比喻方法作了诸如此类的创造性运用，所以它就更有艺术的表现力，能够生动地表现事物之间的复杂联系及其变化发展。

当然，屈原辞在形象思维方面所提供的主要经验，还在于他大量运用了超现实的想象，在这方面作出了巨大的新开辟。但这个问题在下一节中要专门加以论述，所以这里暂不多说。

屈原辞在形象思维方面所提供的主要经验，还在于他大量运用了超现实的想象，在这方面作出了巨大的新开辟。

再其次，屈原辞具有形象、理性、情感三者高度统一的特点。这里需要说明的是，任何文学艺术创作，在构思过程中都有象、理、情的统一。因为创作中的形象思维的实际心理内容，乃是自觉的表象运动；而由大脑活动的整体性法则所决定，这种自觉表象运动的进程，是必然有以“内部言语”为载体的理性思维参与的，也是必然伴随着情感活动的。所以象、理、情的统一主要是由大脑的物质特性和活动规律决定的，任何人都无法根据自己的想法和意愿来改变它(参阅拙作《文艺心理学概论》)。但是,文艺创作也有其独特之处,即它主要以艺术的形象作用于人,所以人们在大量的艺术欣赏活动中,直接感受到的也主要是作品的艺术形象,以及由这种形象所传达的情感活动;至于包含在作品中的理性思维成果则往往是比较内在的或隐蔽的。屈原辞的一个显著特点,却是它在着力表现丰富多彩的艺术形象的同时,并不回避直接的说理,也不回避直接以"情语"来表述情感的类别与强度。所以,屈原辞的象、理、情统一具有内外相应、表里一致的特点,充分显示了艺术构思的透明度。这种表现方法,从诗歌艺术发展的角度来看,可以说是在由"歌"变"诗"的历史进程中,受到同时代的散文巨潮的影响并创造性地吸取其表现功能的结果;但更应看到,这种表现方法也取决于屈原辞的内在的政论要求和他那强烈而鲜明的个性特征。至于说到屈原在诗歌艺术上作了这种开辟所取得的效果,则可以指出:它既直接决定了屈原辞所呈现的气势宏伟、力度强劲、形象丰富、情感充沛、思想深邃的独特面貌;又在客观上大大突破了儒家所倡导的以"温柔敦厚"为主的传统"诗教",使富有鲜明性和尖锐性的诗作也能在艺术苑囿中生根开花,争奇斗艳,并形成一种大有生命力的传统,对后世发生深远的影响。

诗是语言的艺术,而屈原辞在语言的运用上也有鲜明的特色。

最后,诗是语言的艺术,而屈原辞在语言的运用上也有鲜明的特色。这主要表现为两点:

一是华实并茂的语言风格。屈原在创作中一方面大量运用华美的词藻,力图取得花团锦簇、色彩缤纷的效果;另一方面他又总是用质朴本色、刚劲有力的语句来构筑篇章的骨架。像《离骚》的"长太息以掩涕兮,哀民生之多艰","何方圜之能周兮,夫孰异道而相安","宁溘死以流亡兮,余不忍为此态也","路漫漫其修远艺术思维的新经验呢？这里需要指出的根本之点，即在于神话的超现实想象是不自觉的，而屈原辞中的超现实想象则是自觉的艺术思维活动。这并不是说，神话的想象是一种“无意想象”；相反，它乃是出于明确的目的，又作了巨大的主观努力来进行的“有意想象”。这里所谓的“不自觉”，主要是以下两个意思：

第一，对这种想象的“超现实”的性质不自觉。神话作者虽然进行了超现实想象，却并不意识到这种想象是超现实的。相反，这是表现了他们对客观世界的实际认识；在他们心目中，天神鬼怪和神话英雄等超自然力量是确实存在或曾经存在过的，同时即以此来解释自然与物类的创始与变化、各种自然力量的运动和作用，以及天神鬼怪与人类生活的关系。

对这种想象的“超现实”的性质不自觉。

第二，对这种想象之作为艺术思维不自觉。神话中的超现实想象是使神话具有艺术魅力的主要原因；然而神话作者却并不意识到他们所作的想象实际是对自然界和社会形态进行了艺术方式的加工。所以，这是一种“不自觉的艺术的加工”。

对这种想象之作为艺术思维不自觉。

用以上两点来对照屈原辞，就可以清楚地看出，屈原的超现实想象是完全自觉的。例如他在《离骚》中想象向重华（虞舜）陈词，然后又驾虬乘鹥，趁风上征，朝发苍梧，夕至县圃，令羲和弭节，望崦嵫勿迫。在《涉江》中也说：“驾青虬兮骖白螭，吾与重华游兮瑶之圃，登昆仑兮食玉英。”他心里完全清楚，虞舜既无法投诉，更不可同游；龙凤是神物怎能驾驭，羲和是日御如何指挥？他仅仅是为了诗的创作，为了用艺术的方式抒情述志，才故意去作这样的想象；他也深刻了解这种想象有助于提高诗的艺术魅力和感染作用。因此，超现实想象在屈原那里就不仅是一种自觉的思维活动，而且是一种自觉的艺术思维活动。

>>>

屈原塑像。

重新给以合乎生活逻辑的解释。

但是，超现实想象作为人类的一种意识活动毕竟不会绝迹，它自然要寻找适当的领域去发挥作用，其中主要的一个领域就是文学艺术创作。例如在收有西周初期至春秋中叶诗歌的总集《诗经》中，就可以看到超现实想象的运用；而其表现又分为两种：第一种如《大雅·生民》塑造周部族始祖后稷的形象，写了他的出生、成长和在种植五谷方面的种种奇迹，这些都是把原来在部族中流传的神话写成诗，所以仍然属于不自觉的超现实想象。第二种表现更值得注意，那就是包含在拟人化比喻中的超现实想象；用作比喻的事物本都是客观存在的，但经过作者的拟人想象却成了超现实的形象。由于《诗经》中的诗多用比兴，所以这方面的例证也比较多，而其中最为突出的一例则要数《豳风·鸱鸮》。《鸱鸮》是一首"禽言诗"，通篇以一只母鸟的口吻，诉说它被恶鸟鸱鸮夺去小鸟的悲哀以及营巢筑室的苦辛。这当然是比喻人的现实遭遇，作者明明知道鸟是没有人的思想感情的，"禽"是不会有"言"的，所以他在创作上所用的想象具有自觉的超现实性，而他之所以要用这种想象，则又是为了增强抒情诗的艺术感染力。因此，若就现存的资料来看，《鸱鸮》一诗可以说是超现实想象作为一种自觉的艺术思维的最早的完整表现。由此可见，在《诗经》的时代（西周初期到春秋中叶），虽然在对客观世界的认识活动中存在着逻辑思维替代超现实想象的总趋势，但后者还是在文艺创作这个特定的领域中开始找到用武之地，并出现了转变为自觉的艺术思维的契机。

在《诗经》的时代，虽然在对客观世界的认识活动中存在着逻辑思维替代超现实想象的总趋势，但后者还是在文艺创作这个特定的领域中开始找到用武之地，并出现了转变为自觉的艺术思维的契机。

但是，《诗经》中的超现实想象作为一种自觉的艺术思维来看，毕竟还是朴素的，或者可以说尚处于萌芽状态。因为它只表现在拟人化的比喻上，特别是用作比喻的又主要是现实中的动物、植物或其他自然物，所以超现实想象的思路还没有打开，它的宽广度受到现实素材的很大限制；再则在拟人化的比喻中，用作比喻的事物大都只在某一特征上被寄以人的思想感情，它与被比的对象之间一般只存在较为静止的比照关系，可见这种超现实想象还不够活跃而富于能动性，它在运用上是拘谨而不熟练的。当然这里所论的仅是《诗经》中的超现实想象，并非对《诗经》艺术经验的全面评价。

在屈原辞中，自觉的超现实想象才成为一种成熟而活跃的艺术思维，这并不是偶然的。

在屈原辞中，自觉的超现实想象才成为一种成熟而活跃的艺术思维，这并不是偶然的。

在战国时代，诸侯各国都已先后在经济上完成了奴隶制向封建制的转变，这时候的社会生产力和科学文化水平已远远超过产生神话的上古时代；剧烈的社会变革使各种传统观念发生动摇，思想领域中的“百家争鸣”有力地促进了对自然界和社会历史的探索。当时的情况是，一方面逻辑思维被更加广泛而精深地运用于思考与论辩，与之相联系的“神话历史化”也方兴未艾，正在逐渐形成诸如“三皇五帝”等古史传说系统；但另一方面，又正是在逻辑思维的探索日益破除对超自然力量的迷信这个思想基础上，一种新的形象思维活动，即自觉的超现实想象，也开始在思想界活跃起来，而原来的神话素材也在这种想象中被充分利用。战国后期有些思想家往往用比喻和寓言来说明种种道理，宣传各个学派的主张；其中有些比喻和寓言就是自觉的超现实想象的成果，有些还灵活运用了神话的素材。在这种情况下，作为政治家与诗人的屈原则在较早的时候把自觉的超现实想象引上另一条新路，即广泛运用于抒情诗的创作，终于使它成为一种成熟的艺术思维经验。

屈原是战国后期先进知识分子的代表人物之一，他不仅是一个坚持进步理想、为在楚国实行政治变革而进行了顽强斗争的爱国主义政治家，而且也在广泛吸收前人和同时代的认识成果的基础上，对自然界和社会历史作过深入的探索、怀疑以至破除种种传统观念。这种探索深刻表现在他的著名辞作《天问》之中。

中国关于开天辟地的神话记录较晚，三国吴人徐整始在其《三五历纪》及《五运历年记》中说到神话英雄盘古："天地浑沌如鸡子，盘古生其中。万八千岁，天地开辟，阳清为天，阳浊为地。盘古在其中，一日九变，神于天，圣于地。天日高一丈，地日厚一丈，盘古日长一丈。如此万八千岁，天数极高，地数极深，盘古极长。后乃有三皇。"（《艺文类聚》卷一引《三五历纪》）"首生盘古，垂死化身：气成风云，声为雷霆，左眼为日，右眼为月；四肢五体为四极五岳，血液为江河，筋脉为地里，肌肉为田土；发髭为星辰，皮毛为草木，齿骨为金石，精髓为珠玉，汗流为雨泽；身之诸虫，因风所感，化为黎甿。"（《绎史》卷一引《五运历年记》）这个神话记录虽然较晚，但必有渊源。从原始思维的一个带有普遍性的特点来看，上古人为了求得天地由来的解释，很自然地会根据人类自身的形象，构想出一个开天辟地、化生万物的人格神。然而屈原却对人格神开天辟地的古老传说表示怀疑，他在《天问》中写道：

从原始思维的一个带有普遍性的特点来看，上古人为了求得天地由来的解释，很自然地会根据人类自身的形象，构想出一个开天辟地、化生万物的人格神。然而屈原却对人格神开天辟地的古老传说表示怀疑。

曰遂古之初，谁传道之？上下未形，何由考之？冥昭瞢暗，谁能极之？冯翼惟象，何以识之？明明暗暗，惟时何为？阴阳三合，何本何化？圜则九重，孰营度之？惟兹何功，孰初作之？斡维焉系？天极焉加？八柱何当？东南何亏？九天之际，安放安属？隅隈多有，谁知其数？天何所沓？十二焉分？日月安属？列星安陈？

…………

从这里可以看出，屈原对天地空间的认识不仅是眼界极为宽阔，而且对这个空间的形成以及天地间的各种事物，他心中也充满了疑问；又从“谁传道之”、“谁能极之”、“孰营度之”、“孰初作之”等句来看，他对人格神开天辟地的古老神话显然不再相信，而希望得到新的合理的解释。虽然他还不能像唐代柳宗元那样，在《天对》中明确指出“本始之茫，诞者传焉”，“无营以成，沓阳而九”，“冥凝玄厘，无功无作”，“无中无旁，乌际乎天则”等等；但在他的疑问中也已包含了作出新的解释的契机。就思维经验的发展上看，从《天问》到《天对》是一脉相承的。

《天问》中所表现的光辉思想，是作者敢于对奴隶社会中形成的哲学、政治、历史、道德等等传统观念都提出深刻的怀疑以至尖锐的批判，特别是对“天命论”的怀疑和批判。这种思想深刻表现了一个先进知识分子的唯物主义倾向，渴望按照事物的本来面目去求得对自然界和社会历史的真实了解。总之，《天问》一篇虽然还未能对种种问题作出明确的结论，但它已充分表明，屈原对上古神话和历史中的超现实想象是不再信以为真了。既然不再信以为真，却又在自己的辞作中大量运用超现实想象，这正说明屈原对其想象的“超现实”性是完全有自觉认识的；他运用这种想象只是为了抒情述志，为了提高辞作的艺术质量，这也完全是自觉的。

这种思想深刻表现了一个先进知识分子的唯物主义倾向，渴望按照事物的本来面目去求得对自然界和社会历史的真实了解。

总括以上的论述可以看出：上古神话中已经有宽广而活跃的超现实想象，但神话作者对这种想象的“超现实”性，以及这种想象之作为艺术思维，都还缺乏自觉性。《诗经》中有一些诗已经把超现实想象作为自觉的艺术思维来运用，但还处于萌芽阶段；由于没有充分吸取神话想象的成果与特性，所以其中的超现实想象还很有局限。屈原是在他那个时代所达到的、而且是比较先进的认识水平上，自觉运用了超现实的想象，他既吸取了神话想象的宽广度和活跃性，又进一步发扬了《诗经》把超现实想象用于诗的创作的自觉性，因此而使自觉的超现实想象成为一种既有创新意义而又相当成熟的艺术思维经验。

在以上的论述中，反复强调了屈辞超现实想象的自觉性，这势必引起一个疑问：超现实想象的自觉或不自觉，对于文学艺术创作来说，究竟有什么实质性的区别，又起了什么样的不同作用呢？这个问题可以通过屈原辞与上古神话的比较来找出答案，大致说来，有以下四点：

在以上的论述中，反复强调了屈辞超现实想象的自觉性，这势必引起一个疑问：超现实想象的自觉或不自觉，对于文学艺术创作来说，究竟有什么实质性的区别，又起了什么样的不同作用呢？

（一）神话的超现实想象因为是不自觉的，所以也是不可以照样学习的；或者说它的某些特性与成果虽然可以吸取或模仿，但作为一种完整的思维经验来看却是不可传承的。这就如同小孩的天真尽管可爱，但“一个大人是不能再变成小孩的”，所以小孩那种用以想事的方法和天真的形象也是大人不可复得的。从心理学的角度来看，神话的超现实想象出现在人类的童年阶段，这种想象并非孤立的心理活动，它是与当时人的思维能力、认识水平以及种种实际知识（包括正确的与错误的）相联系并受到制约的；后世人由于在思维能力、认识水平和实际知识上都已有了发展（其中最重要的一点是破除了对超自然力量的迷信），因此也就不能再回到原来的心理基础上去进行神话性质的想象。屈原的创作是在新的心理基础上把超现实想象变成了一种自觉的形象思维活动，这就使它成为人人都可以学习、继承并加以发展的思维经验，于是，就可以在人类的文化创造中发挥更大的作用。试以后世的文学艺术创作实践为证，像上古神话那样的创作永远不再在人类历史上重新出现，而屈辞式的自觉超现实想象却不断被人运用，还大有常用常新之势。

（二）在超现实想象中往往需要运用特定的素材；在上古时代，这种素材便是天神、鬼怪、幻境异物等超自然的事物（在后世素材也有变化，姑置勿论）。它们本是神话作者所发明创造的，但一经创造便定型下来，并不具有可以进行再创造的特性。当然，神话在流传中也发生过演变，并且在定型时也可能形成不同的说法与故事；但这些现象都是在集体的创作和流传中自然出现的变异，并非某些人自觉给以加工的结果。说到底，这仍然是因为神话的作者和传播者对他们所说的东西信以为真，所以不会有意识地加以改变。因此，神话中的神鬼异物，其地位作用以至于故事都基本上是固定的，在神话的时代，它们决不是可以用作再创造的素材。直到神话的时代过去了，神话的庄严大厦倒塌了，它所创作的那些形象和故事才变成了可供人用于新创造的材料。反之，在屈原的心目中，天神鬼怪、幻境异物都不过是想象的产物，因此也无妨通过新的想象来进行再创造，使它们随着诗人的彩笔变为新的艺术形象。例如在《离骚》中，出现了上帝、虞舜、宓妃、帝喾、简狄、羲和、望舒、飞廉、雷师、丰隆、灵氛、巫咸等神话人物；又出现了昆仑、悬圃、阆风、崦嵫、咸池、白水、春宫、穷石、洧盘、天津、西极、流沙、赤水、不周、西海等神话幻境；还有许多神话中的灵禽异兽、玉树琼枝之类；它们在屈原笔下都成了具有很大的能动性与可塑性的材料。例如上帝和虞舜都可以投诉，宓妃与简狄也不妨

神话中的神鬼异物，其地位作用以至于故事都基本上是固定的，在神话的时代，它们决不是可以用作再创造的素材。

追求，他还想象役使诸神，驱驾龙凤，盛设仗仪，周游幻境。可见神话所造设的天地只不过供诗人屈原驰骋想象；这个天地中所有的一切，也都改变了原来的地位与秩序，摆脱了原来故事的约束，为诗人的艺术创造提供了生动的素材。正因为如此，自觉的超现实想象才成其为富有创造性的形象思维经验，特别能在文学艺术创作中发挥巨大的作用。

（三）超现实想象无论自觉的或不自觉的，都包含并表现了想象者对客观世界的认识。但这种想象既是"超现实"的，所以作为认识的直接成果来看，它们本身都不是客观世界的真实反映；而如果着眼于它们所间接反映的内容或对象，那么两种超现实想象在表现认识的容量和能动性上就显然大不相同。由于神话作者对其想象结果信以为真，所以神话所包含和表现的认识也就止于想象本身。当然，后世人从有些神话中也看到了种种科学萌芽和事物内在联系的曲折而生动的反映，以至对上古人的认识能力表示惊讶和赞赏；但这毕竟是后世人对神话的内容重新作了分析与过滤的结果。作为思维的经验来看，神话想象所包含的认识容量和表现认识的能动程度都不能不是很有局限的。当超现实想象变成自觉的时候，由于想象者对其想象的结果并不信以为真，所以他对事物的认识实际上并不表现在想象本身，而在于通过想象所比喻或反映的对象。例如与屈原差不多同时的思想家庄子，也在他的著作中大量运用自觉的超现实想象，但通过想象所表现的真正认识则是它所说明的社会经验与人生哲理；所以想象只不过起了比喻、寓言的作用。《列子》中著名的"愚公移山"故事也属于这种性质，故事是出于超现实的想象，而它所表现的真正认识却是借助"移山"所比喻的哲理。在屈原的辞作中，超现实想象实际上

作为思维的经验来看，神话想象所包含的认识容量和表现认识的能动程度都不能不是很有局限的。

也是起了比喻寓言的作用，其真正的认识内容则恰恰具有高度的现实性。汉代王逸《楚辞章句·离骚序》说："《离骚》之文，依《诗》取兴，引类譬喻。故善鸟香草以配忠贞，恶禽臭物以比谗佞；灵脩美人以媲于君，宓妃佚女以譬贤臣；虬龙鸾凤以托君子，飘风云霓以为小人。"所举各例虽未必尽确，但足以说明：对于屈原辞的超现实想象，必须着眼于它所间接表现的事物，才能充分理解其认识容量。例如《离骚》中有"上叩天阍"、"下求佚女"二节，但并不意味着屈原认为上帝之门是可以到达的，宓妃、简狄、二姚诸女是可以追求的；在这里，借助神话历史素材来驰骋想象，完全是寓言诗人的现实遭遇。其中叩阍被阻一节的含义，旧注的说法大致相同，都认为上帝是比喻楚君。如宋代朱熹《楚辞集注》说："令帝阍开门，将入见帝，更陈己志；而阍不肯开，反倚其门，望而拒我，使不得入。盖求大君而不遇之比也。"至于求女不遂一节，古今解释就极为分歧了。从整体上说，求女之所比喻，就有求贤君、求贤臣、为楚君求贤妃、为自己求同志，以及象征美好理想的追求等不同的说法；再进一步追究求女为什么要进行三次，宓妃、简狄、二姚分别比喻什么，则看法又还有分歧。在种种歧说中，自然只有一种较为近是；但分歧的存在却也表明，由于屈辞超现实想象的认识内容已不再局限于想象本身，所以它对各种认识的间接表现能力可以是非常活跃的；若是在文艺创作中充分发挥自觉超现实想象的作用，它所可能包含的认识容量几乎是无限的。

由于屈辞超现实想象的认识内容已不再局限于想象本身，所以它对各种认识的间接表现能力可以是非常活跃的；若是在文艺创作中充分发挥自觉超现实想象的作用，它所可能包含的认识容量几乎是无限的。

（四）超现实想象作为心理活动的一个显著特点，就是它突出表现了想象者的愿望、情感等主观意向。那么在这个问题上，两种想象又有何区别呢？这说来非常简单，即不自觉的超现实想象在愿望与情感的表现上也是不自觉的，而自觉的超现实想象则在愿望与情感的表现上有高度的自觉性。例如神话的想象即属于前者，尽管它也清楚反映了作者的愿望与情感，然而作者却并不认为他是为了表现愿望、情感等主观意向才创作神话的，他所要表现的乃是对客观世界的“认识”，并且还自信这种“认识”是真正反映了客观世界的。屈原辞中的超现实想象则属于后者，作者并不把他的想象当做对客观世界的真正认识，并不认为他的想象的直接结果符合客观事物的本来面貌；他之所以要作这样的想象，主要就是为了抒发情感，表达愿望。当然他的想象也间接反映了他对客观现实的认识（这一点已如前述），但他的认识之所以不按原样直接陈述，而定要借助超现实想象来作间接的表现，正是为了在更大的幅度上、用更加动人的形式来表现主观愿望和情感。

屈原辞中的超现实想象则属于后者，作者并不把他的想象当做对客观世界的真正认识，并不认为他的想象的直接结果符合客观事物的本来面貌；他之所以要作这样的想象，主要就是为了抒发情感，表达愿望。

两种超现实想象在愿望与情感的表现上的区别虽然如此简单，但对文学艺术创作来说却无疑有巨大的意义，因为任何自觉的文学艺术创作都包含着表示愿望和抒发情感的自觉意向，这种意向又总是因人、事、时、地的不同而有所不同；因此如果要借助超现实想象来表现，也显然只有自觉的超现实想象才具有足够的适应性和表现力。例如《离骚》最后诗人想象去国远逝的一段，清代朱冀在《离骚辩》中解释道：“凡糗粮之精，车马之盛，旌旗导从之雍容，名山大川恣我游览，蛟龙鸾凤惟吾指麾，奏《九歌》，舞《韶舞》，以怡性情而悦耳目，一切皆行文之渲染，犹画家之着色也，极凄凉中偏写得极热闹，极穷愁中偏写得极富丽，笔舌之妙，千古无两。乃注《骚》家不解此意，一一认为实事，不亦愚乎？”这一段话较为准确地阐明了自觉超现实想象在情感表现上所起的有力作用，是值得参考的。又如《招魂》的前一半着力渲染四方上下的凶险可怕，东方是“长人千仞，惟魂是索”，“十日代出，流金铄石”；南方是“蝮蛇蓁蓁，封狐千里”，“雄虺九首，往来倏忽”；西方既有“流沙”、“雷渊”，又有“赤蚁若象，玄蜂若壶”，而且“其土烂人，求水无得”；北方是“增冰峨峨，飞雪千里”；上方是“一夫九首，拔木九千”，“悬人以嬉，投之深渊”；下方是“土伯九约，其角觺觺”，“敦脄血拇，逐人駓駓”。这些形象都取材于神话，神话描写上下四方的怪物当然也表现了某种愿望与情感，然而毕竟比较模糊，因为它要着重表现的是对上下四方的“认识”，至于意向表现则是不自觉的。而在《招魂》中，情况就正好相反，作者要求强烈表现的恰恰是他的意向，即通过描写上下四方的凶险而希望“魂兮归来”，其中也渗透了对被招者的强烈思念与关切。所以这里的自觉超现实想象是极为准确地表现了一种特定背景下的抒情要求。

所以这里的自觉超现实想象是极为准确地表现了一种特定背景下的抒情要求。

两种超现实想象对于主观意向的不同表现力，还应同以上所说的素材是否可以再创造这一点联系起来看。神话提供了超现实想象的大量成果，但因为对这些成果信以为真，所以在愿望与情感的表现上也就必然具有一次完成的性质，不能通过对原有的故事和形象的加工改造来作能动多变的表现。屈原辞的自觉超现实想象既可以对传统素材随意进行再创造，又可以不断掺进新的认识内容，因此在愿望与情感的表现上也就不再受到拘束，例如《九歌》中的《湘君》、《湘夫人》、《河伯》、《山鬼》等篇都写到神鬼的爱情生活，这很可能是神话或巫术活动中原有的内容；但在屈辞《九歌》中，这些内容已被作了很大的加工以至于再创造，因此它在表达愿望和情感方面也就更加深入细致、委曲动人。例如《山鬼》中描写抒情主人公，把幽艳的姿致、善感的心灵与奇丽的仪仗服饰、凄清深峻的景物氛围准确地结合在一起，因此它的抒情深度也就与内容较为质朴的神话故事或原始巫歌很不相同。

与融合。在这巨大的历史文化趋势中，屈原是一个深受中原文化影响的楚国人。他在辞作中所表现的民本与法治、忠君与尚贤等思想，以及对唐虞夏商周的传说与历史的认同，都深刻表明他曾受过中原文化中儒、法两家的影响；同时也以中原地区所积累的丰富而系统的历史文化知识来充实自己的学养。但是，屈原接受中原文化却不是单向与被动的，而是作为一个深受楚文化培育并具有突出的创造个性的楚国人来加以消化和吸收的。因此，他的辞作乃是两种文化碰撞交汇、互相补充、有机结合而成的一种新的文化创造。由于南北文化的合流是一种必然的、不可抗拒的历史潮流，所以楚国如果没有屈原，楚文化肯定也会在中华民族文化的融成中发挥一定的作用；但楚国事实上出现了屈原这一文化巨人，他的历史地位和作用就在于他既是南北文化合流中涌现的重要典型之一，又大大强化了楚文化在合流中所起的作用。这就犹如一种声波通过了一个性能良好的扩大器，从而加强了它在万籁交鸣中所占的地位与分量。屈原的辉煌辞作是楚文化与中原文化合流的产物，这一事实的意义更在于说明：文化的交流从来就有利于酝酿重大的创造，培育文化的巨人。文化巨人决不会是目光短浅、抱残守阙的侏儒，而是必然具有兼容并包的气魄和识别精华糟粕的眼光，善于在不同文化的流通中进行联系和反联系，从而作出博大精深而富有特色的创造。伟大诗人屈原因积极面对文化交流并勇于付诸创造实践而对中华民族的文化作出了巨大的贡献，这对后世是很有启示与教益的。

屈原的辉煌辞作是楚文化与中原文化合流的产物，这一事实的意义更在于说明：文化的交流从来就有利于酝酿重大的创造，培育文化的巨人。

（二）提供了文化创造中的个性化范例

个性是指在个人的自然素质的基础上，通过社会实践而形成任何个体的任何实践创造活动,事实上都离不开个性的制约和作用。既然如此,为什么要特别强调屈原在文化创造方面的个性化特点呢?

的稳固心理特征的总和。任何个体的任何实践创造活动,事实上都离不开个性的制约和作用。既然如此,为什么要特别强调屈原在文化创造方面的个性化特点呢?这个问题需要结合特定的历史文化背景、通过屈原辞与当时的其他文化成果的比较来加以说明。

在屈原的时代,文化创造已经达到了一定的水平,无论是物质创造、理论创造或文艺创造,都已有了相当可观的成果。现在先就前二者来看,它们在创造中当然也有创造者个性所起的作用,但因为主要是满足社会的认识需要和实用需要,所以人们并不关心创造者具有什么样的个性,更不要求创造者将个性表现在成果之中并成为评估其价值的一个因素。试以当时的文化名著《论语》为例,书中所记的孔子言行显然表现了孔子的个性;但读者所关心的主要是孔子讲了什么道理,而并不追究孔子具有什么样的个性特征,更不把孔子的个性表现视为评估《论语》的一个因素。至于种种物质文明方面的成果,情况也是一样,人们所关心的是它的实用价值;而且除了较有长久性的建筑物之外,其他实用器物都多变而易毁,所以其个性表现只在民族文化的宏伟构架中起一砖一瓦、一时一地的作用;这种作用与构成民族文化的特色虽然也有关系,却不能摆脱时间空间的限制,给文化的发展反复加盖特有的印记。反之,屈原辞的情况就不同了。首先,它是文艺作品而非理论创造,所以必须以富有美学价值的感性形象来满足社会的审美要求;这种感性形象由于较少抽象概括的过滤与汰洗,因而能较为充分地表现创作者的个性差异。反过来说,又正是不同创作者的个性差异直接决定了表现在感性形象中的不同的艺术独创性。落实到屈原的辞作来说,任何时代的读者就都能从中感知屈原的独特个性与突出的艺术独创性,它们也正是读者所要求认知并据以评估其美学价值的因素之一。其次，屈原的辞作与当时各种物质创造相比，又具有代代相传、恒久起作用的特点，所以它作为表现个性的范例又能在漫长的历史发展中对民族文化产生绵延不绝的深远影响。

另外，还可以把屈原的辞作与其他文艺创作相比。在屈原之前，文艺创作已有了相当丰富的成果积累，但其中艺术成就较高的作品如神话、巫歌、民间寓言和《诗经》中的民歌，却都属于民间文学范畴，其创作与传承都有集体性与变异性，所以它们对民族传统文化虽有种种巨大的影响，但就个性化这一点而言，却不是它们的特征之所在，因此在这方面的表现和价值也就不能与中国文学史上第一个有主名的伟大诗人的作品相比。

文化创造的个性化在文化发展中有重大的意义。它深刻体现了民族文化中的群体创造与个体创造之间的辩证关系，只有二者处在相互为用、彼此促进的良性循环之中，才会有全民族文化的提高与文化带头人的涌现；同时整个民族文化也才会有多向多型、千姿百态的特点。就中华民族文化的发展而言，屈原辞的问世与流传，无疑为文化创造的个性化开拓了道路，提供了范例，它有力地启发后人在深深扎根于民族文化、吸取群众智慧的同时，力求表现自己的创造个性，奉献有独创性的文化成果。

就中华民族文化的发展而言，屈原辞的问世与流传，无疑为文化创造的个性化开拓了道路，提供了范例，它有力地启发后人在深深扎根于民族文化、吸取群众智慧的同时，力求表现自己的创造个性，奉献有独创性的文化成果。

（三）强化文化发展中的逆反思考

任何民族文化都有继承性，后代人只有在继承前代文化的基础上作出新的创造。但这种继承又必然带有批判性，即根据变化了的社会现实的要求，通过逆反思考扬弃前代文化中的某些积累，突破某些传统的观念和思维模式，为新的文化创造开辟道路。

在这一点上，屈原是中国文化巨人中表现较为突出的一个。例如他在《天问》中提出了一百七十多个疑问，内容涉及天地的形成和结构，有关自然物类和社会变迁的种种神话传说，也涉及一部分历史记载；通过问难的形式，对奴隶社会中形成的哲学、政治、历史、道德等观念表示了深刻的怀疑以至尖锐的批判，可以说是对传统文化的一次全面深刻的反思。由这种反思所构成的《天问》本身，除了作为一篇内容瑰奇、形式新异的辞作流传于世外，还曾启发后人对自然现象和社会历史进行新的思考与探索，因而具有深远的文化意义。同时，《天问》中对传统文化的逆反思考，特别是对“天命论”的怀疑与批判，还与屈原的政治斗争和辞赋创作有紧密的思想联系。正因为他怀疑“天命”，不信“君权神授”，所以能勇敢正视社会现实，积极要求政治变革；而当变革失败时，他就敢于指责楚怀王背信弃义，反复无常（《离骚》），又敢于把顷襄王斥为信谗谀、受蒙蔽的“壅君”（《惜往日》）。这些指责是显然违背有关君臣关系的传统观念的，然而却深刻表现了诗人对楚国现实和楚王本质的清醒认识；正是这种认识及由之激发的强烈感情，才使《离骚》、《九章》等一系列辞作既有思维深度，又有巨大的感染力量。

这些指责是显然违背有关君臣关系的传统观念的，然而却深刻表现了诗人对楚国现实和楚王本质的清醒认识；正是这种认识及由之激发的强烈感情，才使《离骚》、《九章》等一系列辞作既有思维深度，又有巨大的感染力量。

文化发展中出现逆反思考，这和对传统的继承一样，都有不以人意志为转移的必然性。但在中国漫长的封建社会中，儒家思想一直占据统治地位；儒家学派虽然事实上也有对传统文化的反思与创新，但其代表人物在主观上却片面强调机械继承。例如孔子一心恢复周礼，在文化创造上强调“述而不作”；孟子言必称先王，把自己提出的种种新观念都归为先王之道。所以，儒学的盛行一般都助长了传统文化的保守性，在一定程度上阻碍了文化发展的除旧布新。但“述而不作”毕竟只是自以为如此，事实上孔子本人之所"述"就未必完全符合周文化的原貌;而在儒家学派的发展与分化中,更有许多人虽然仍自称"述而不作",实际上却已对传统的积累多有扬弃和更新。屈原也是受到儒家思想影响的人物,但他对传统文化的逆反思考却更为旗帜鲜明,也更有自觉性,这一点清楚地表现在《天问》所提出的种种疑问中。纵观中华民族的文化发展,可以说历代都有进行逆反思考、敢于破中求立的文化创造者,因此我们的传统文化才成为一个本身具有吐故纳新能力的变动系统;而屈原作为在这方面最有代表性的人物之一,显然曾为后世代代相继的文化革新提供有益的启示,强化了逆反思考在文化发展中的活力与功能。

屈原也是受到儒家思想影响的人物,但他对传统文化的逆反思考却更为旗帜鲜明,也更有自觉性,这一点清楚地表现在《天问》所提出的种种疑问中。

(四)扩展文化创造中的想象作用

根据人类大脑活动的整体性原则来看,任何文化创造都不可能完全脱离想象力的发挥,但发挥的程度和想象所起的实际作用却有差别。在屈原之前出现的、现尚可考的文化成果,如各种器物、理论著作和诗三百篇等,其创作过程都曾不同程度地发挥了作者的想象力,但总的来看,它们所表现的想象还不能说是非常活跃和开阔的。至于神话和巫歌,则主要是超现实想象的产物,自然在更大程度上发挥了想象的作用;但因为其中的超现实想象是不自觉的,即创作者对想象出来的东西信以为真,并未把想象力的运用作为自觉的艺术思维,所以便不能不有一定的局限(参阅上一节)。屈原在创作中很注意想象力的运用,因而其辞作富有想象的色彩。即以比兴的手法而言,即在继承传统的艺术想象的基础上又有了新的发展,表现为比兴形象的丰富多彩,能动多变,具有更大的艺术表现力。至于构成屈原辞的显著特征的超现实想象

屈原在创作中很注意想象力的运用,因而其辞作富有想象的色彩。

的运用,则在世界文化史上也是有划时代意义的。因为根据现有的材料来看,屈原是世界上最早对超现实想象进行了自觉运用的文化创作者。所谓自觉运用,就是作者对那些想象出来的事物并不信以为真,因而它们的属性、地位、形象和原先隶属的神话传说都成为可变的,是一种能动的创作素材,可以灵活自如地"为我所用",即根据新的创作目的和需要来对超现实的事物进行艺术的再创造。使辞作富有新奇的形象,情感的抒发也更增烈度。这样,超现实想象在屈原辞中便成了一种新的自觉的艺术思维,从而大大扩展了想象在文化创造中的作用(参阅上一节)。

想象力的活跃与奔放,是民族心态富有生机活力的标志之一,直接影响着文化的创新与发展。

想象力的活跃与奔放,是民族心态富有生机活力的标志之一,直接影响着文化的创新与发展。中华民族历代都有富于想象力的文化创造者,而屈原则是中国文化史上第一个有主名并以想象著称的文化巨匠。他的辞作对后世的影响当然主要是在文学创作方面,作为"风""骚"传统的两大典范之一,确曾衣被百世,启益后人。同时他的辞作又深受后世广大文化创造者的尊崇和重视,因此其中所突出表现的"创造想象",作为一种富有创新功能的思维经验,也影响及于各个文化领域,使历代文化创造者能够重视想象的作用,从而为各种文化创造成果程度不同地增添了想象的色彩。这正是屈原辞对中华民族文化的形成和发展所作的最有意义的贡献之一。

(五)为民族文化增姿添彩

各民族的文化各有不同的色调与风格。在春秋战国时代的文化合流中,中原文化总的看是比较质朴的,色调素淡单纯;而楚文化则较为绚烂华丽,因此合流也意味着两种文化在色调上的互补与融和。屈原辞突出表现了楚文化的绚丽特色，这一点对后世文化创造的影响也是深远的。

楚文化之富有色彩，既与楚地盛行的巫风有关，也反映了江汉流域的繁富风物与浓郁景色。这在屈原所加工的《九歌》中即可窥知种种情状。如《东皇太一》、《云中君》、《少司命》、《东君》等篇，描写巫者“偃蹇姣服”、“华采若英”祭祀现场陈设华丽，色彩缤纷，“展诗会舞”，“声色娱人”。《湘君》、《湘夫人》、《山鬼》等篇则又写到湘水、洞庭及巫山等地的自然风物之美，其间景色的幽艳，花草之繁多，都使人产生丰富的色彩感。至于屈原在借鉴巫歌的基础上所创作的《离骚》与《招魂》则更是充分发扬了瑰丽的特色，铺叙物类罗致务备，浓墨重彩，酣畅淋漓。所以从屈原辞以下，通过两汉辞赋的铺张扬厉和南朝诗歌、骈文的刻绘声色，中国文学中便有一种秾艳的风格荡漾开来。虽然秾艳的诗文在思想内容和社会意义上有高下广狭之分，在价值评估上不可一概而论；但它们在表现形式上却都有富丽繁华的特色，与文学创作中的朴素淡雅一派交相辉映。这种情况在文学以外的其他文化创造中也有相应的表现，因此整个中华民族文化便呈现多姿多彩的景象，在博大丰厚中显示多样性的统一。文化创造中的多色调与多风格，标志着一个民族孕育了各种各样才华横溢的创造者，也反映了民族心智的健康发育，特别是对审美的情感、趣味和能力的广泛包容。中华民族虽然多历坎坷，并影响到文化的发展，但从民族历史的整体上看，却分明在文化上显示了强大的创造、融汇与更新的能力；而包括屈原在内的各个时代的文化巨匠，则显然曾为民族文化在发展中趋于丰富和成熟作出了有历史意义的贡献。

从屈原辞以下，通过两汉辞赋的铺张扬厉和南朝诗歌、骈文的刻绘声色，中国文学中便有一种秾艳的风格荡漾开来。

包括屈原在内的各个时代的文化巨匠，则显然曾为民族文化在发展中趋于丰富和成熟作出了有历史意义的贡献。